去有风的旷野

To the windy wilderness

阿来 著

人民文学出版社

图书在版编目（CIP）数据

去有风的旷野 / 阿来著. －－ 北京：人民文学出版社，2024（2025.8重印）
ISBN 978-7-02-018608-2

Ⅰ. ①去… Ⅱ. ①阿… Ⅲ. ①游记－作品集－中国－当代 Ⅳ. ① I267.4

中国国家版本馆 CIP 数据核字（2024）第 069791 号

责任编辑　徐子茼
装帧设计　陶　雷
责任印制　苏文强

出版发行　人民文学出版社
社　　址　北京市朝内大街166号
邮政编码　100705

印　　刷　北京盛通印刷股份有限公司
经　　销　全国新华书店等

字　　数　142千字
开　　本　850毫米×1168毫米　1/32
印　　张　7.375　插页1
版　　次　2024年9月北京第1版
印　　次　2025年8月第7次印刷

书　　号　978-7-02-018608-2
定　　价　59.00元

如有印装质量问题，请与本社图书销售中心调换。电话：010-65233595

目录
CONTENTS

去有风的旷野
To the windy wilderness

十二背后 —————— 1

四姑娘山行记 —————— 19

莫格德哇行记 —————— 43

分云拨雾见米仓 —————— 61

稻城亚丁行记 —————— 83

再访米仓山三记 —————— 107

扎溪卡行记 —————— 133

炉霍行记 —————— 159

大凉山访杜鹃花记 —————— 187

蔷薇科的两个春天 —————— 209

去有风的旷野
To the windy wilderness

十二背后

去十二背后。

去以前仅听说过一回的十二背后。

十二背后不是抽象的数学猜想,不是神秘的数字游戏,是一个实在的地名,位于贵州省遵义市绥阳县。

一片发育充分的喀斯特地貌中,道路起伏蜿蜒,视野里是雨后青山。连绵如屏的,孤拔而起的,灰色的石壁,层层叠叠,显出苍老的容颜。坡度平缓一点,就长满了青草,长满了灌木,和更高大的乔木。针叶树,无论是松,是柏,是杉,都笔挺如炬;阔叶树绿冠开张,姿态万千。山间平坝,缘溪,临塘,都辟为层层水田,稻子将近成熟,饱满的穗子低垂,显出了浅黄。稻子的高处立着玉米,低处的芋撑开巨大叶片。天刚晴又雨,一线阳光照亮水面,一些雨落在山前。

如此山重水复,不由得要想起徐霞客,他黔省长途行脚时所作的笔记如在目前:

"度桥北,又溯流而西,抵水之北来东折处,遂从岐北向溯小溪行。始由溪东,已涉堰由溪西,已复西北逾冈,五里,抵铜鼓山。"

徐霞客当年游黔,从广西进入,行迹在南,不在我从四川进入的黔北。我将抵达的地方，是十二背后，也不是铜鼓山。但山屏水萦，越岭过溪时的感觉却如此相似。那种山叠水环，那种疑无路时的曲径通幽与豁然开朗的感觉几乎一模一样。所以，《徐霞客游记》中那些文字才会从记忆中突然醒来。

"其处山坞南辟，北界石峰耸立，皆有洞，或高或下，随峰而出。西界则遥山自北而南，蜿蜒如屏，连裂三洞，其门皆东向，而南偏者最高敞。"

这也是黔北群山最典型的特征，石灰岩断层不时出现，壁立在绿树与群峰中间。还有幽深洞穴，从崖上吐出悬泉，张挂一道飞瀑，把清凉的喧声与雾气散布山间。更有洞隐身于崖脚，从绿树中溢出条清冽水流，萦绕在山间小坝，又从某个落水洞潜回地下。亮光散尽，回声深长。

山、水、崖、洞、树、田，其间是人的居所，叫村，或叫寨。

"其前有数十家当其下，即铜鼓寨也。是洞名铜鼓洞。"

我抵达的地方自然不是铜鼓，黄昏时分，三山夹峙，两河蜿蜒，一河潜出山峡，一河溢于深洞，小河相汇处，倚山面水耸立一座寨子，石砌成基，构木为楼，二十多户人家，寨前河边，荷塘半枯，芦竹盛开。这个地方就叫双河。到达的时候，正是亮灯时分，层叠的木楼投影于寨前的人工水景中，好一个幽静的清凉世界。

真是来到了"背后"，喧腾急切的世界背后，高温灼烤的世界背后。

徐霞客游黔，在三百多年前。他终日饱览青山绿水，似这样的日暮时分，却每每为食宿无着所苦：

"五里，过一寨，排门入，居人颇盛。半里，复排一门出，又行田塍中。一里半，叩门入旧司，门以内茅舍俱闭，莫为启。久之，守一启户者。无茅无饭而卧。"

"又半里，复得一村，入叩之，其人闭户遁去。又西得一堡，强入其中，茅茨陋甚，而卧处与猪畜同秽。"

如今，天上地下，航空线高速路纵横交织，酒店民宿星罗棋布。再无须"人迹板桥霜"临歧问道，再不必"鸡声茅店月"叩门借宿。

关于十二背后这个地名，有说是十二道岭背后，有说是十二条溪背后，还有说是十二个洞的背后，十二个坝的背后，十二道石崖的背后，无论是什么的背后，所有十二的背后，总说的是此地天远地荒。但今天，从遵义市出发，一个多小时车程已到了双河寨前。开发十二背后的女老板梅尔出来相迎，沿石阶而上，经过一株喷香的桂树，再经过一株也在开花喷香的柑橘，已经在坡上寨中了。再经一株挂果的板栗树，右拐，进门洞，入一望台，石板铺地，某张石板上介壳类化石构成漂亮的纹理。靠墙悬一副古意十足的对联："学稼尚怀经世志，隔墙爱听读书声"。今天的书家写不出如此诚恳的笔意，也没有这样深挚的耕读情怀。细看落款，才知是曾国藩所书，写于同治九年。

电子门禁嘀嘀作响，进屋，木板壁，大花窗，高屋顶。楼下可以饮茶书写，上曲折楼梯，楼上可以高卧，可以倚窗读书。

作为十二背后景区的一个部分，双河寨二十多幢依坡面水的错落寨楼，在保持外观原貌和原结构的基础上，通过精心装修，已然改造成了雅致民宿。

在更高的另一寨中，男主人置酒，欢迎一行远客。席间相谈甚欢，早上起来，宿醉的缘故，有些谈话已然忘记，却鲜明地记得男主人一句话。那是我问他们夫妇从江苏来此投资开发的缘故，男主人说："被美所伤害。"女主人写诗，男主人不写，却用了很诗歌的语言。这一"伤害"，使他们投资建设十二背后，已有十年之久了。他们不是拿钱一砸了之，而是凭对这片山水人民的热爱，所有营建开发都亲力亲为，都渗透自己的审美，都带着一份珍重的心意，把从别处收罗来的老家具、老建筑构件，一扇雕花的窗，一只嵌螺钿的柜，一块古匾，一张刺绣，都嵌入精心构建的民宿中，朴素之中含着雍容与文雅。

这样的地方，由不得不早起，沿清澈小河散步，空山鸟鸣，与青草味与绿树一样清新。河边湿地里，矮的是蓼花与凤仙花，高的是芦竹。这种喜水植物高擎着穗状花序，阳光透亮，照出了花序上密集细小的稃与芒。荷塘半枯，其间有蜻蜓与蝴蝶频繁起降。

漫步看景回来，距早餐还有一个多小时，在望台上泡一杯茶。其实是绥阳当地盛产的金银花。放一本书是洪堡的传记《创造自然》，却没有读，在手机上读《徐霞客游记》。

三百多年前，徐霞客入黔，也有遇好客主人，颇称惬意的时刻：

"僧檀波，甚解人意，时时以茶蔬米粥供。下午，有象过，二大二小，停寺前久之。象奴下饮。濒去，象辄跪后二足，又跪前二足，伏而候升。既而驼骑亦过。余方草记甚酣，不暇同往。"

"五里，过白基观。观前奉真武，后奉西方圣人，中颇整洁。

时尚未午,驼骑方放牧在后,余乃入后殿,就净几,以所携纸墨,记连日所游,盖以店肆杂沓,不若此之净而幽也。"

读徐的记叙,入黔一路,得以如此放松心情,好整以暇的机会并不多。而且都是在遇僧于庙,遇道于观的时候。但现在,我等却是在经营性的店肆之中,心意从容。

我读这些文字时,金银花在热水中慢慢洇开。金银花是忍冬科植物。古籍中描述忍冬是"一蒂二花",腋生花在斜升的枝上总是成对排列。现在,它们在水中一金一银,成对散开。古籍中说:"花初开则色白,经一、二日则色黄,故名金银花。"

晃动茶杯,三对花载沉载浮,长长的花距,距端上下相向的唇形花瓣,纤长的雄蕊,都在水中舒展,香气若有若无。也是古籍中写到过的:"微香"。

浅浅啜饮,那微香就在唇齿间,悄然弥散。

阳光温煦。

出游。

溯小河行。不到两里地,一道壁立的石灰岩下,贴地处,赫然张开一个巨洞。洞口岩壁,很像蟒蛇奋力张开的上颚。立身洞口,在阴阳交割处短暂驻足,阳光已在身后,身前阴影中冷气扑面。岩壁层叠清晰,缝隙间正好让蕨类扎根,风化的表面让苔藓继续侵蚀。流水悄然出洞,一到阳光下便灼然生光。再移步,就进入了地下世界。人声在静谧的空间激起回响。

这是一个岩石世界。

岩石在地球上塑造出众多奇丽雄伟的风景。以碳酸钙为主要成分的石灰岩是自然界中造成奇观最多的品类。现在，我们就置身在石灰岩塑造的奇观中间：头顶、身侧、脚下，都是无声的岩石。

时间静止。

上个世纪最后二十年，我几乎去遍了广西、贵州、云南和湖南向游客开放的所有溶洞，随之而来的是深深的审美厌倦。大自然敞开地下的秘室，在一个幽闭的，时间流逝十分缓慢的空间中，呈现地球的部分演化史，但我们的旅游开发者却似乎都生活在人类的幼稚时期，智识还停留在简单的象形阶段。一切岩溶形成的奇观都被简单指认为一些象形的物体。这根岩柱是龙王的定海神针，那片钟乳石幔是《西游记》中的花果山。此是香蕉，彼是菠萝，此是犀牛望月，彼是雄鹰展翅。林林总总，几无例外。还都用舞台布置般的灯光加强与渲染。因此，二十余年间，再也没有去过此类景点。想和人去探未开发的野洞，和洪荒直接对话，却没有探险家的身手。

直到今年冬天，在遵义偶遇梅尔女士，以南美纪行的诗集相赠。便先说她诗里写的马丘比丘。因为我也去过那里——印加帝国的马丘比丘；从库斯科经过库鲁班巴河深峡才能抵达的马丘比丘；壁立岩峰上，印加人用累累巨石建成的马丘比丘；聂鲁达也攀登并书写过的马丘比丘："月亮的马，石头的光。""最后的几何学，石头的书。"

然后，谈到他们夫妇正在开发的十二背后。我现在置身其中的幽深洞穴就是其中一个部分。当时是朋友请酒，稍微过量的酒让我可以这样问梅老板："你们真的没有用象形思维，把溶洞弄成一个神话角色陈列馆,或打造成一个丰收田园?"

她说保证没有。

眼前的景象证实了她的话。灯光很节制,只是照出隐约的路径,只是照出洞中大概的空间。石灰岩的洞穴还是本来的样子。如聂鲁达的诗:"这充盈着寂静的最高容器,如此众多生命之后一个石头的生命。"

就不说那些洞穴中的石头生成是多么怪异了,也不说地下的洞穴世界造成的感觉又是多么奇谲。那是比所有雕塑师都伟大的那个雕塑师的杰作。这个雕塑师就是地球自己。造成这些奇观依凭的就是地球自己也难以控制的创造性的,同时也是破坏性的力量。地球内部是一个高温熔炉,用数十亿年的时光,在这座熔炉里冶炼各种矿物元素。它喷出火山,让不同的矿物质凝固成坚硬的岩石外壳。它又用旋转的力,内部岩浆奔突的力,使这个外壳破碎成板块,使之互相碰撞,挤压,使大海耸立成高山,使高山崩陷为大海。地球数十亿年的运作似乎有一个最终意志,要在它的盛年期演化出一种智慧生物。这种智慧生物大概就是我们这些叫人的动物。人类出现以后,地球的变化没有以前那么暴烈了,大概地球是担心它用物理,用化学,用意志造出的人会被吓坏了。于是,它在自己宽广的表面,用了风,用了水,用了漫长的时间,将粗粝处慢慢打磨。地表的打磨,还交给了植物和动物。地球已经形成四十多亿年,人在地球上只出现了二百多万年。真正的高歌猛进,不到一万年时间。人以天计算生命的时间,以年计算文明的时间。那是在地面,阳光照耀之处。而在地下世界,地球计数以更大的时间单元。如"系",如"纪",一个单元最起码也是以百万年作基本单位。昨夜卧读景区准备的资料，知道构成眼下这些地下洞穴的岩石形成于寒武纪至奥陶纪。寒武纪是地球生命大爆发的时期。所以，寒武纪岩层也是含有最早生物化石的岩层。距今天已经5.7亿年。又过了差不多一亿年，即4.8亿年前，奥陶纪到来的时候，生命经过缓慢进化，海洋里有了鱼这一类的脊椎动物。脊椎是了不起的结构，哺乳动物靠它支撑在陆地上横行，人靠它支撑才能直立行走与瞭望。与此同时，沉积物缓慢堆积，形成了眼下这些在水中生成的岩石，一层层包含了那些生物体的化石，一层层凝结了时间。

现在，我就置身在岩石中间，在另一个时间维度中，在数亿年前地球的伟力创造的景观中间。

数亿年前，这些岩石都是一个整体，一层层平铺在海底，然后，被板块的碰撞，挤压，扭曲，断裂，抬升，拱出海面，成为高原。如果地球是有意志的，似乎它的目的，就是想让由进化赋予了智慧的人看见一部伟大的地球编年史。但这样的看见又是为了什么？让人感觉生命渺小与短暂，如蜉蝣一般？地球，或者更大的星系之神不管这些，为了制造这些奇观它还做了更细致的工作。这个工作交给水来完成。它很有耐心，给了水几乎无限的时间。让水融解岩石中的碳酸钙。水同样耐心十足，在暗无天日的地下，先在层层叠叠的岩层中制造许多缝隙，为的是让更多更大的水流进入，直到成为地下河，左右荡涤，往下深切。

一进双河洞，经过地下河漫长打磨的光滑岩面就触手可及。而数米深的脚下，河水无声流淌，继续着制造地下深洞的永无尽头的工作。我的手抚摸的这段光滑石壁，打磨完成至少有上亿年了。岩壁并不像看上去那样光滑，有砂粒微微凸起。是砂。在海底沉积为岩层前是砂。在暗河的水中化解时也是砂。又或者，是岩石分泌出的硝与盐。

聂鲁达问过："石头里有石头，人在哪里？"

那时，人尚未出现。那时，距人类命名这些石头还有四亿八千万年。

那时，流水在蒙昧的黑暗里耐心打磨洞穴的下部。洞穴的上部，在无数次分崩离析后造成崔嵬崚嶒的奇观。水的工作是那样恣意，在洞中随时旁枝逸出，在主洞中造出支洞，在大洞中套出小洞。洞与洞，似断还连。水还像龙一样下潜，在洞底下又造一个洞，不够，再次下潜，再造一个洞。如此造成洞的楼宇，洞的迷宫。十二背后提供的资料说，双河洞开发十年，和地质专家合作，和外国洞穴探险家合作，也是不断探索这个地下迷宫的十年。目前，已经探明的洞口竟有数百个之多。而且，这些曲折幽深的洞穴总长度已超过百余公里。亚洲第一，世界第二。难怪开发公司的男老板会说，我叫哥伦布·陈。自称哥伦布可能有些夸张，但这对夫妇开发商，确实在项目开发上尽量体会自然的本意，确实也从容地不疾不徐。确实是被自然之美所"伤害"——这个伤害叫诱惑。

梅尔诗《双河溶洞》写出了他们共同的痴迷："我不能告诉你所有的秘密，我的秘密还在生长。"他们提供的地下勘探报告有具体洞口的数字，具体洞长的数字，我没有引用，因为"秘密还在生长"，勘探还在继续，这组数字还会不断刷新。

确实，一切都还在生长，水仍然在地下见缝插针，融通壮大，永不停歇。让洞穴更幽深，更曲折，更漫长。

缓慢，从容，水蚀石穿，不慌不忙。人的生命短暂，地球自己却有的是时间。

行走其间，我禁不住想，自然真的是有意志的吗？在人类未出现之前，地球让水如此日复一日创造的意义是什么？那时没有人，是想让谁看见？还是这一切只是力学运动的，化学反应的简单结果？如果是让人看见，那开发出来的这个部分，在这一个洞中，我们也只是摸索着，惊叹着走了两公里左右的距离。其他更幽深诡谲的部分，还是只有少数洞穴探险家曾经短暂地看见。

徐霞客游黔是1638年，一百多年后，1799年，一个叫洪堡的德国青年上路了，他用五年时间探索南美大陆，他相信："任何地方的自然都以同一种声音向人类诉说。"他要用漫长的考察证明这个想法，去发现"自然的所有力量是如何相互交织起来的"。

和徐霞客不同，他一路记录眼见的一切东西：地面上的植物，在植物世界中生存的动物。动植物生存所依赖的气温，水，岩石，泥土，峡谷的深度，山峰的高度。他要从这些纷乱杂沓的现象中寻找规律性的东西。与他的汪洋恣肆相比，徐霞客的就显得简单多了。他只是行走，只是简单记录。除非雨和风影响了行程，他并不关心天气；除非是可以果腹充饥，否则他也不观察大地上的动物与植物。他不会像洪堡一样作抽象思考，从而总结归纳出一套科学思想：地质学，生物学，人类学和气象学。他也不会如洪堡一样想象：地质运动的元素是水与火，而非土地自己。

洪堡在旅途中对自己说："人类必须首先理解自然之规律，才能通过行动来将她的力量化为己用。"

洪堡还说:"让心灵充满对永恒的体悟。"

今天在地下洞穴中行走着的是我们这群提倡生态写作人,是提倡自然诗歌的一群人,和徐霞客的书写方式应该大不相同了。

虽然徐霞客的书写还是真实的,如眼前所见一样:"洞西北盘亘,多垂柱裂隙……东南裂隙下,高迥亦如西门,而掩映弥深。"竹杖芒鞋的徐大师置身奇异地理中,为何只满足于这样的记叙?今天当然已有结论,缺乏科学思想,陷于具象而不能抽象。

这时,洞口前面现出了天光。

接着就看见一块方形岩石基座上,一大丛灌木被阳光照得透亮。绿色,被悬泉水打湿的绿色,被阳光透耀的绿色!

徐霞客见过类似景象,他写道:"芃芃植物茂盛有光。"

以为是出洞了,其实没有。只是洞穴的一段塌陷了,制造洞穴的力量也毁掉了洞穴。我们进入到一个天坑底部。这是我第一次置身在一个天坑的底部。坐在长椅上抽一支烟。背后的断崖上,水淅沥而下,石壁上长着好几种蕨,某种凤仙,和一种开白花的苣苔。我克制住自己,没有近前去辨认。在地球用数亿年塑造出来的这个特别的空间,我想体会什么叫地老天荒,而不想让自己沦陷于琐屑的植物分类学。同样原因,我也没有走到那丛芃芃生光的灌木跟前,确认是不是一丛花期已过的醉鱼草。

今天,我要感受整体。我手里的烟卷冒出丝丝缕缕的蓝烟。四五亿年前,这片大地上没有这样的烟。

我坐在那里,想起当年达尔文在"小猎犬"号上的旅程中,面对复杂纷繁陌生的自然,感到的某种迷失。当年达尔文行走在新世界里，在给他父亲的信中说：这里众多的花卉"足以让任何一个园丁为之疯狂"。但他不知道该从何处入手：花哨的蝴蝶，爬上花柱的昆虫，还是一种从未见过的异域花朵？于是，他写道："我只能重新开始读一读洪堡，他就像另一个太阳，照亮我眼前的一切事物。"

洪堡给达尔文提供了一种面对自然的典范：不是把自己封闭在地质学家或动物学家的视角中，而是既置身其中，又跳脱其外——从久远的地质年代穿越时空。达尔文将以洪堡为榜样进行写作：将科学与诗意的描述完美地结合在一起。

我也不自量力地对自己做如此想象。

我这么想象时，望着天坑四壁上的绿色植物，和天坑上方的天空。那是一方狭长的，边缘柔和的空洞。一条天青色的空虚。梅尔说，那图形是一方台湾地图。我拍下这狭长条的淡蓝天空，发到微信里。反应马上就来了。有女性朋友说，好色，在读《金瓶梅》吧。有男性朋友直接引《道德经》："谷神不死，是谓玄牝。"其实这个解释要比台湾地图来得要好。阴阳嘛，阴阳割昏晓嘛。阴阳是东方智慧中一种整体性把握。

然后起行，沿曲折的梯步，到另一个洞，天坑出现前原本就连为一体的洞。

现在，两者相距几百米远。这段距离长满茂盛的植物。相当多种类的蕨与苔藓。还遇到一种特别的竹子，刺竹。顾名思义，竹身有刺。

使地穴塌陷为天坑的该是一场地震吧？是地层猛烈错动才使洞顶崩陷的吧？不然，不能解释天坑两端两个洞口间近百米的落差和那些整齐的断壁。我们乘电梯上了断崖,到达另一个洞口平台上。对面,一道瀑布,贴着几乎垂直的崖壁飞坠而下,也是和这个洞口平齐的对面崖壁靠顶处,绿树掩映中,现出又一个洞口,无路可去,只能遥望。一行人根据自己的喜好,在洞中穿行时,已经应主人之邀命名了一些洞中之洞。我没有命名。我说我要想想。现在主人又说,要么你就命名这个洞吧。我说那就叫天荒洞好了。身处在这样的世界里,确实只感觉造化的伟力,只感到地老天荒。

我把脚下一块石头踢下悬崖。

因为想起洪堡传记里的一句话:"他们还将石块踢下悬崖,听其回声,以此推算悬崖的高度。"

洪堡是带着很多测量仪器的,但有些时候,也会采用这种简单的方法。

现在,我们再次进入洞穴,看水的创造。

也许是水在创造前一个洞穴时,觉得工程推进得过于粗放,只是急于造成地下复杂而巨大的空间,却没有在局部做精细的打磨。所以,巨洞造成后,水在这里继续从事精细的装修工作。还是水,天无三日晴的贵州的雨水。天水落下俘获了空气中更多的二氧化碳,渗透进地表,溶解洞顶岩石中的碳酸钙,渗出洞底岩层,滴滴下坠,又是多少个万年的工夫,造成一个细腻光润的钟乳石世界。用钟乳石吊顶,用钟乳石挂壁,用钟乳石镶嵌深潭的边缘,在空间最阔大处,用钟乳石制造廊柱。造帐幔、造灯台、造龛、造慢动作的水滴计时器,不是人间倏忽而逝的分分秒秒,而是缓慢之极的地质时间。我数了一滴水，晃晃悠悠，从聚拢成形，到下坠开出一朵水花，发出一声滴答，一共用了三十多秒人类时间。这滴水在造一根上下衔接的柱子。这根柱子的造成，至少还要好几个一万年。也许比人类学会用火，到今天可以用火冶炼各种矿物，用火烹制各种食物的时间还要漫长。

我想伸手抚摸一下柱头，但终究没有，我怕这一伸手，抹去的那点乳浆，就是几十年的时间。

水蚀空石头，同时，水制造石头。

旧的石头，变成新的石头。

几个小时时间，在洞穴中，粗览了几亿年岩石的历史。

出洞了。

出了洞，就是光，是草、树、云、人。鸟飞，虫鸣，风吹。出了洞，又回到了人类时间。一天，一夜，一月，一年。

洞口就是一道水的飞帘。站在那里，任水沫扑面，不由得想起李白的诗："飞梯绿云中"，"珠箔悬银钩"。

还发现水雾中两种植物绿光闪烁。一种开黄花的凤仙，一种开白花的梅花草。都密集地簇生于岩壁上面。既然洞中行程已完，虽然警告过自己不要过分痴迷于植物分类，还是不由得俯身用手机细细拍摄，用了微距，用了广角。

又在手机上查出其种名。

梅花草因子房膨大为心形，故名鸡心梅花草。

凤仙花通身略略泛红的黄，却在长距和唇瓣之间，箍着翡翠绿的萼片，故名绿萼凤仙。奇的是这凤仙的长距，在末端自卷成一个圆圈，故民间有俗称唤作金耳环。如果有当地女子穿了当地的短摆青衣,把这凤仙当耳环佩上,想是好看。

该离开了。坐汽车去遵义乘动车。

经过一个地方,名字与植物相关:旺草镇。这至少说明了此地人生活与植物的关联。当时就想,有没有更多的地名与植物相关?

在动车上用手机打开绥阳地图,居然发现那么多与植物相关的地名:茅垭镇、黄杨镇、枧坝镇、青杠塘镇、蒲场镇、茅盖顶、茅盍峰、岩岗藤、茶坪和箐湾。如果有一张更详尽的地图,相信这个名单还可以延长。好一个葳蕤繁茂的植物大世界!

用洪堡的话说,这就是人类用直接经验认知的"自然最宏大的面相"。

列车高速行进,很快就冲出了灰白岩石构成的峰与岭的包围,冲下了喀斯特地貌的贵州高地,由东南向西北进入了四川盆地。眼前,一座座覆满了松与柏、楝与桤的低缓丘陵,间或露出的岩壁变成了赭红色。和黔北的那些石灰岩一样,这种红砂岩也是在遥远的地质年代,在水底沉积而成。只是更容易风化为泥土,如此才造成了物产更为丰饶的四川盆地。1872年,一个叫李希霍芬的德国地质学家从秦岭南下,深入四川盆地,就注意到这种满布整个四川盆地的红色砂岩和由其风化而成的沃土,在其著作《四川记》中将其命名为红色盆地。他注意到,这个盆地,靠这种砂岩风化的沃土,靠西部高原发育的河流,早在先秦时期,就已经发展出成熟可靠的灌溉农业。

列车飞速行进,穿行在盆地中央的丘陵地带,一条条江流蜿蜒相伴,嘉陵江、渠江、涪江、沱江、岷江,赭红色的岩石不断

十二背后　　　　　　　　　　　　　　　　　　　　　　17

露出一个个纹理鲜明的剖面。

动车停靠大足站。

大足，由唐至宋，在十数处易于雕凿的红砂岩上，开造了众多石窟，众多佛菩萨造像。在这里，佛教造像终于完成了全然中国化的过程。佛教的时空观念更加宏观，与世界相始终，一个劫也就相当于一个地质上的时间单元。而人的存在只是一弹指，生命的绽放只在须臾刹那之间。

第二天，清晨，乘飞机去川西高原。机翼下，高原夷平面上众多的海子在初升太阳照耀下金光闪烁。最近一个冰期结束时，高原顶部的冰川化为流水，却把怀抱中巨大的花岗岩石一块块遗落荒原。

我下了飞机，踩着海拔四千多米的高山草甸，穿行在这些犹如远古兽的巨大冰漂砾间。这些石头比黔北的石灰石，比四川盆地中的红砂岩坚硬多了。它们不是在水中沉积而成，而是火山喷发，将它们从地下带到了地面。花岗岩迎着阳光的一面，云母的薄片和石英的晶粒银光耀眼。那是大地一种隐秘的语言。

攀上一块巨石东望，浮云如絮，蓝天深远。

在这个地火造成的岩石世界，一切都凝固无言，汪洋之水造成的四川盆地渺不可见，更东边的十二背后的喀斯特世界渺不可见。但我知道，这一切都与我同在，在同一个地球，由宇宙的伟力推动，在幽深阔大到无边无际的宇宙中缓缓旋转。

在十二个月的背后，在黄道十二宫的背后，在十二个宇宙洪荒的背后。

在众多的水成的火成的岩石背后。

去有风的旷野

To the windy wilderness

四姑娘山行记

冰和雪，洁白晶莹，闪耀在四姑娘山金字塔状铁青色的岩石尖峰上。

阳光透耀，峡谷深切，沟谷交错绵延，每道向下的沟岔都有一道水流。众多的小水流从我正面的四姑娘山，从我背对的巴朗山，不断汇聚，在四姑娘山镇前，汇聚成湍急清澈的沃日河，奔涌着向东向南。沟谷上方，倾斜的山坡上覆盖的白桦林一片金黄，那是秋日交响诗的高音部，是铜管乐队，高亢嘹亮；暗绿的栎树林，和云杉与冷杉组成的针叶林，是弦乐队和木管乐队，低沉雄浑。

这是10月28日下午两点多。从成都出发，驱车将近两百公里，来到海拔3200米的四姑娘山镇。翻过巴朗山，下方的镇子刚刚在望，号称"蜀山皇后"的四姑娘山，超拔在群山之上的四座次第而起的冰雪山峰就出现在眼前。在猫鼻梁观景台停车，凝望雪峰，和雪峰下众山之中灿烂的秋景。

然后下山，入住酒店，进迟了许久的午餐。填饱了肚子，初到高海拔地带，脑供血不足，反应有些迟缓，需要休息一两个小时适应一下，却还要接受媒体采访，谈我和四姑娘山三十多年的过从，回忆展开，便有些浮想联翩。终于可以拉上窗帘躺平休息。

恍惚中，弄不清是梦境还是回忆，仿佛就是三十多年前第一次来这山中的情形。

确乎是在大雪中。雪片沉沉降落，四野无声。

雪幕后，隐约立着一大群沉默的表皮粗粝的冷杉，坚硬的针叶饱满，饱含的不是水，是抗冻的树脂。这些巨人般的杉树，下半部树干通直，彼此独立，树冠上密集的针叶在半空中互相交错，比夜色更深更暗。暗色深沉的冷杉林上方是悬崖，悬崖顶上伸出断裂的冰川。不是梦境，是记忆。三十多年前的记忆。也是十月，看了一个画家写生的油画，第一次到访画中的雪山。

骑了一天马从这个镇出发往山上去。

一天行程结束，在葳郁的冷杉林旁扎营，钻进睡袋时故意把帐篷门敞开，为的是能看见满天星斗，和崖顶上冰川的幽冽冷光。起风了，林涛澎湃，幽深的峡谷如大洋鼓荡。半夜被冻醒，原来是一场大雪不期而至，雪飘进帐篷，一些雪花落在了我的颈部和脸上。起身关帐篷门时，忽见面前立着一个黑影。不是林妖，不是山神，是一匹马。它伸长颈项用鼻子来碰我。不晓得它是不是故意站在敞开的帐篷门前替我挡风遮雪。它在这大雪飘飞的深夜，用湿乎乎的鼻子碰我冰凉的手，呼出粗重温热的鼻息。

刚过去的那个白天，我在早晨才与它相会。作为初次相见的礼节，我抚摸了它的额头。它就用鼻子嗅我，熟悉我的气息。如此这般以后，我才跨上它的背，穿过大片收割后的青稞地，进入长坪沟峡口，进入沙棘、红桦和方枝柏构成的密林，听着忽远忽近的溪声，向四姑娘山深处进发。路上休息时，我在手心里摊上一点盐，任它用舌头轻轻舔舐。路上好多扁刺蔷薇结了红果，我摘来，去籽，去刺毛，把果肉给它品尝。我还找到了一只硕大的红色浆果，皮厚肉多，里面包裹浓稠的汁液，味道和颜色都如番茄汁一般，里面是石榴籽一般大小的十数粒种子。这种浆果如番茄中的圣女果一般大小，草本植物，学名叫桃儿七。十月深秋，它的伞形叶经霜浸渍已经枯黄，于是，红色硕果便暴露出来，像只口袋一样悬垂在枝腋上。我把柔软的浆果塞进了马嘴里，它错动牙槽咀嚼，浆果的汁液在齿间溢出，触动味蕾时，这匹马就摇晃着脑袋，同时掀动厚厚的嘴唇，露出了粉红的牙床。我明白，这是它对果子奇异的味道表示惊诧。马把这只浆果全部咽了下去，眼睛里闪出欣喜的神情，惹得半躺在草地上吃干粮打尖、用身体吸收阳光热量的一行人放声大笑。

再上路时，这匹马就更知道我的心意了。每当穿过秋天的风与霜染成一片艳红的槭树与花楸树丛时，它都会放慢脚步，也许是为了选择更加平整的道路，也许是为了给我多一点观赏的时间。马的主人对我说：这牲口灵性得很。

我说它不是牲口，是马。

夕阳西下的时候，我们抵达了目的地。四姑娘山主峰脚下的峡谷深处，郁闭的冷杉林颜色沉郁。风在树冠层上拂过，林下却很安静，我们靠着森林扎营。

用烤土豆和午餐肉罐头当晚餐时，马从溪边饮水回来，我又分了半张饼给它。人和马，就这样迅速建立友谊。我拉上帐篷门重新钻进睡袋，感觉到它还站在帐篷前，没有离开。雪片降落，落在树上和地上时簌簌有声，其间还听到马粗重的鼻息。都是令人心安的声音，催人入眠。

早上,雪停了,空气清新冷冽,让人瞬间清醒。

一切都被雪深深掩埋。杉树成了高耸的雪塔,低矮的枝叶繁密的杜鹃树丛、鲜卑花树丛和绣线菊树丛披覆着厚雪,像史前兽群。被雪覆盖的还有形状各异的砾石、枯木和溪流。四野无声,云如被冻住,在蓝色的天空中一动不动。

我的马不在了。其他的马也不在了。只有几行被雪掩去大半的足迹显示它们往峡谷更深处去了。

同伴们扫雪生火,我去寻马,雪深过踝。

半个小时后,我看见了,几匹马立在一面湖边,一动不动。鬃毛上纷披着雪,睫毛上凝结着雪。它们每呼吸一次,鼻孔中就喷出一团白色的雾气。虽然常在山中行走,我还是被眼前这美景镇住了,不由得停下脚步,和那几匹马一样,变成了一尊只用口鼻呼出团团白雾的雕塑。我们站在峡谷的底部,积雪连绵不尽,山势就从脚下升起。依次是谷底的乔木林带,灌木渐次稀疏的高山草甸带,然后才是晴朗蓝空下峭拔的悬崖,起伏的山脊线,和错落耸峙的雄伟山峰。瀑布也冻住了,在崖上悬垂着,轰然的声音变成了晶莹剔透的光芒。

这一切,同时倒映在那面凝玉一般的清冷小湖中。雄伟大野的长空,雪峰,冰瀑,连绵群山,还有湖边的几匹马和我,都倒映在湖中。湖如一面镜子,把雄浑宽广的世界重构成一个缩微的镜像。

湖中倒映的那个世界水晶般纯净,湖泊四周的浩莽山野阒寂无声。我的生命中有过不少这样的时刻,任自然大美把内心充满。我的内心,也像那面湖一样,无声无息,正把荒野之美全数摄入。

这个世界动了。

一只鸟飞起，从野樱桃树上摇落了一枝积雪。

我的那匹马动了，它晃动脑袋，摇落了鬃毛上的积雪，缓步向我走来。依然是用温热的鼻子碰我，我用手拂去它额头上凝结成冰的雪。

太阳升起来了，四野银光闪烁，晃得人睁不开眼睛。气温升高，不时听见哗然一声，那是高树上的积雪受热坠落。积雪坠地有声，抖落重负的树枝回弹有声。满山的高树都在抖落枝上的积雪，满耳都是积雪坠落的声音。

雪落树现，我这才发现面前站立的这些高大挺拔的乔木不是冷杉，而是落叶松。枝上的积雪不断坠落，它们的针叶便在阳光透耀下，在白色的雪野中，显现出耀眼的金黄——是这片群山中所有变黄然后凋落的树种中最明亮最高贵的金黄！那个时候，我还不具备今天这样多的植物学知识，只知道这种树叫落叶松，而不知道落叶松只是其属名，属于松科落叶松属；也不知道落叶松属分布在北半球寒温带地区，我眼前黄得如此灿烂的这一种是该属十八种中的一个种，名叫四川红杉。深秋雪在阳光下迅速融化，我就一直站在那里，直到融雪水在四周流动，打湿了我的鞋子，才和几匹马一起离开了那个小湖……

我在床上醒来，室内的供氧机发出的声音，就像那匹记忆中的马咝咝的鼻息。

美国作家冯内古特在小说中发明了一种简单的时间穿梭法。他说，推开这扇门，我就来到了1941年；再推开一扇门，又来到多少多少年。我连门都不用推，躺在床上闭了一会儿眼，就回到三十年前的1993年。

这么多年里，我来到四姑娘山至少有三十次了吧。

人们问我，频繁前来的原因是什么？我说，这里是我的自然课堂，或者说，是我的自然课堂之一。

不同的时间，来这里的高山之山，从树，从草，从花，从果，看生命律动。从浩大的地理中的山起水落，感受四季流转。

这一回来，却是为一场诗歌讲座。

今年，我在成都一家用了我名字的书店——阿来书房，作"杜甫成都诗"系列讲座。新冠疫情反反复复，原本计划每两周一次的讲座也断断续续，计划的二十讲只讲了八次。四姑娘山管理局的朋友们，也在线上听我讲杜甫，并突发奇想，要求把杜甫从成都城中望见西方雪山的诗，放到四姑娘山的雪峰下去讲。虽然杜诗"窗含西岭千秋雪"中的"西岭"，"雪岭界天白"中的"雪岭"，都是从成都西望见到的一系列参差雪峰的泛指，但四姑娘山号称"蜀山皇后"，主峰海拔6250米，距成都市中心直线距离126公里，在那连绵的积雪晴空中，往往最先被望见，最引人注目，最易识别。比杜甫晚几年到成都西川节度使府的岑参也写过这壮美的景象："千峰带积雪，百里临城墙。"所以，四姑娘山风景区管理局的朋友看了我"杜甫成都诗"系列讲座的视频，一定要我来这座雪山下作这一回的讲座。

由此因缘，我再次来到四姑娘山。在房间休息时，却在似梦非梦中触发第一次在此山中行走遇雪的回忆。我起来，走出房间，天上有云聚集，阳光不再强烈，风变冷。在四姑娘山主峰下布置讲座，准备明天上午直播的团队担心明天讲座时的天气，怕天阴，怕那时云遮雾罩雪山不肯现身。查天气预报，不同的平台给出不同的预报，从晴、多云到小雨雪都有。倒是景区的朋友们望向傍晚的天空，就肯定明天和今天一样，是大晴天。灰云浓重低压，欲雨欲雪的样子。《妙法莲花经》有个精彩的短句，叫"一云所雨，一雨所润"，而在这海拔三千多米的地方，在这个深秋时节，这一片阴云所孕，则可以是雨，也可能是雪。从高空云头降下是雪，落在高处是雪；下到低处，则融化为雨；又或者会先雨而后化身为雪。但现在，这些云层只是在酝酿雨或雪，让明天要做直播的工作团队忧心忡忡，怕明天镜头中全是雨或雪，没有蓝天，没有万众树木的秋色斑斓、层林尽染，没有四姑娘山这四座次第而起的晶莹雪峰。我不想操天气的心，也知道操不了天气的心，就往冲锋衣里加一件抓绒背心，离酒店溯溪谷散步。在长坪沟口到景区徒步线路的入口，四五公里的柏油公路，左手边是溪流、草地，和十数种杂树丛生的灌木林；右手边，是顺着山势一直蔓延的白桦林。这是我早晨和黄昏，在这里每次必走的漫步路线。缘溪行，去看老朋友一般的白桦林，去看溪边的高山柳和攀爬在柳树上的铁线莲。

深秋时节，布满整面山坡的白桦林，春夏季的绿色树叶已经全部变黄。刚近林边，满耳就充满细密的声音，似乎是树们在夕阳下低声交谈。其实是黄叶脱离枝头，飘然降落到地面的声响。此所谓秋声，欧阳修《秋声赋》说夜深读书时在斋中就能听闻："四无人声，声在树间。"现在我置身于林中，没有一丝风，一株株修长的白桦四合而来，数量成百上千，密集的树干最终遮断了视线，我晓得那背后是更大的白桦树集群，十万百万，把我紧紧围裹。脱离枝头的黄叶，缓缓旋转着从高处降落，姿态轻盈，搅动空气，恍若有声。一片无声，两片无声，百片千片就有了声，森林浩大连绵，数万片数十万片秋叶同时旋舞，同时降落四野便飒飒然，萧萧然，发出了动人秋声。

山风起。

漫坡的白桦林摇晃喧哗，黄叶漫天翻卷。北温带的乔木林下总是那样疏朗，因为夏天茂密的树叶遮断阳光，阻止了低矮灌木的生长，这就为那么多落叶的翻飞舞蹈提供了足够的空间。最终它们还是降落下来，铺满了地面。我躺在松软地面上，身下铺满黄叶，身上也渐渐落上了许多黄叶。杜甫诗"无边落木萧萧下"，是眼前景。虽然没有"不尽长江滚滚来"，这连绵无际的秋声依然漫过我的全部感官，思接八荒，感受到林外的万水千山。此时，太阳变成一个模糊的光晕，在云层后面，和直指天空的树梢后面。我把一枚落叶举到眼前，对着太阳的光晕，清晰显现的是这枚落叶质地轻薄如绢，上面的叶脉却如画笔划过，纹理清晰。春夏时节植物进行光合作用时，这些叶脉是输送能量的管道，也是其物理形态的基本支撑。这让我联想到自己的身体，比如我擎着叶片的这只手的骨骼和血管。

走出树林，我没有拂掉身上和头顶的落叶。风吹起，落叶从我头上身上飞离，我感觉自己变成了一棵树，一棵白桦树，正在放飞蝴蝶一般的黄叶。只是我不为秋悲伤。因为这些树，这些木叶尽脱，要在风雪中裸露一冬的树，等明年春风又度，春雨再来，又会满绽新绿，吸收了光和热，开始又一轮生命浩荡蓬勃的合唱。

现在，树们只是要准备过冬，要休憩，要整理回忆，以待来年的重新生长。

溪边的草地早已枯黄，这个时节如果还有花，那一定是开着蓝色钟形花的龙胆花，以及它的近亲，同样在深秋开出蓝色花朵的肋柱花。我不止一次在这条安静的路边，在同样季节的枯黄的草丛中看见它们。在整个横断山区，龙胆科龙胆属和肋柱花属的好几种花总是为一年花事来作最后收尾的花。在十月深秋，枯黄草地上的蓝，星星点点，簇簇团团。在阴天，这蓝是忧郁的；如果太阳出来，光线明亮，那时龙胆花的蓝和肋柱花的蓝就如蓝宝石一般闪闪发光。大概是今年气温比往年同期偏高的缘故，我在枯草丛中见到了比往年更多一些的蓝。龙胆的蓝色花正在盛开，经霜后的线形叶已经变红了，经过霜的茎似乎变软了，匍匐在地，但仍把一只只钟形花朵斜举着，让它们倾斜着朝向天空，朝向光。它们的颜色是这世界最纯净的蓝，学名唤作蓝玉簪龙胆。钟形花的下半部，还间以黄色的脉线。肋柱花还直立着，在风中轻轻摇晃。肋柱花是龙胆花的亲戚，植物学表述是同属于龙胆科，是同一科下不同的属：龙胆属和肋柱花属。这同科两属的植物中，龙胆属的家族盛大，据统计共有四百余种，主要分布在温带地区的高海拔地带。不同种的龙胆次第开放，从初春一直开到深秋，好几个品种都能冒雪开放。肋柱花属这个家族，全部分布于北温带，共有二十余种，主要在中国西南部的横断山区。四姑娘山坐落于横断山区偏北一点的位置。肋柱花和龙胆花有近似的蓝色，花朵却梅花一样大小；同样花开五瓣，但花瓣却比梅花肥厚许多。梅花那种花瓣，植物学上叫绢质或纸质，肋柱花瓣却近于肉质或革质。

我在草地上坐下来，面对着龙胆花的蓝和肋柱花的蓝，直到太阳落到雪峰背后，直到天空的蓝变成一片浅灰。

晚饭时，要了酒。为了雪山，为了浩荡秋天，也为了从附近不同地方驱车赶来的几位老朋友。

工作团队仍然焦虑，为了明天上午的天气。

来四姑娘山下讲杜甫雪山诗，如果天阴，或者有雨雪，露天背景里没有皑皑雪山，那就太遗憾了。还没上山前，他们就关注这里的天气预报。23号星期天，他们发过来半月天气预报截图：29号阴，小雨雪。微信中还缀以绝望流泪的表情包。24号星期一，我刚到办公室，截图又来了，天气预报变了，那三天都是一轮太阳的笑脸。

现在，天半阴半晴，老天爷这副表情让人揣摸不定，可以给个大晴天，也可以下雨下雪。

我只好希望风吹云开，如果要下，就在今晚把要降的水，不论是雨是雪，都降下来，那么明天就是好晴天。为此，回去休息时，我还对着雪峰的方向怀着祈望默立了一阵。

回到房间，在手机上读《新唐书》和《旧唐书》中有关这片山地的零星记载。杜甫在成都，是公元759年末至公元765年春天。写《绝句四首》和《奉和严大夫军城早秋》两首关涉雪山的诗是公元764年。那个时候，逼近成都的这片山地，是吐蕃与唐朝两国拉锯作战、互有攻守的战场，在唐代典籍中笼统地称为"西岭"

或"西山"。双方攻防争夺最为剧烈的三个战略要点是维州、茂州和松州，都在横断山区北部这一片雪山之中。此前一年，以边塞诗留下大名的高适节度西川，吐蕃大军东向，高适挥军反击不利，丢城失地。杜甫与高适在开元盛世时即结成好友，"安史之乱"后，盛唐转衰，高、杜两人命运也天差地别。此时高适贵为剑南西川节度使，杜甫却以难民之身颠沛流离，寄居成都草堂。高适在四川先后任彭、蜀两州刺史，又升任西川节度使，对杜甫生活上多有照顾。杜甫身处微贱，却忧国忧民，见高适兵败，爱国情胜了朋友情，对高适反击失利颇有看法。有他写于当年（公元763年）的《警急》诗为证："才名旧楚将，妙略拥兵机。玉垒虽传檄，松州会解围。"

还是次年严武返蜀，再任节度使，挥军西进，一战而定。杜甫有诗《奉和严大夫军城早秋》："已收滴博云间戍，更夺蓬婆雪外城。"欣喜之情溢于笔端。

"滴博"与"蓬婆"都是这西山中具体的山名。我的出生地就在蓬婆的西坡脚下。

这回来雪山讲杜诗西山诸诗，讲诗，讲地理，自然也会讲到这一段史实。

诗和史书都是读过的，重温一下，只是确认一些有些模糊的细节，顺便理理明天讲座的思路。

温习过，便换一本书看。这是英国植物学家威尔逊上世纪初在这片山地寻访植物时的探险日志《中国乃世界花园之母》。窗外的天空依然阴晴未定，我读威尔逊当年的笔记。

"天亮之前雨停了，我们非常高兴，于是很早就出发了。"

写下这段话的时间是1908年6月20日的夜晚，威尔逊从白天我们坐汽车翻越的四姑娘山对面的巴朗山北坡上来。

"我们缓慢艰难地跋涉，翻越令人畏惧的巴朗山。"

那时，这里还没有因旅游业兴起而改名的四姑娘山镇；那时，这里只是漫长驿道上的一个驿站：日隆关。威尔逊记录下了当时关口的格局："日隆关海拔3322米……有120多间房屋，一座小喇嘛庙和一座方形的碉楼。我们在这里找到了一家价格公道的宽敞客栈……可以回头望见巴朗山上的积雪。"威尔逊上巴朗山的时候下雨，快到山顶时雨就变成了雪。

临睡前，又去窗前打望，天上露出了稀疏的星斗。我似乎为没有下成一场雪而有些许失望。

去年，2021年5月18日，我也去巴朗山踏过刚下的新雪。

那是结束了这一年在四姑娘山两天的杜鹃花观赏之旅。那夜从山里出来，也宿在镇上。和当地朋友喝酒聊天，窗外就下起了雨。我说老天爷好，给我晴明的白昼，又给我一个有雨声的空气湿润的夜晚。而且，海拔四千米以上的高处，雨一定变成了雪。当时就计划好回程时，经过巴朗山时，一定要上到山口去看春天滋润的新雪。前些年，巴朗山腰已经打通隧洞，来往的汽车不需要再沿着层层叠叠的盘山公路翻越巴朗山口。像很多通了隧道的高山一样，过些年，失去养护的公路护坡垮塌，龟裂的路面上会长出顽强的草与树。过些年再想上去，就要靠徒步攀登了。

早起一看，果然，已经后退到将近四千七八百米的雪线，又压了下来，一直压到了有桦树林和栎树林的高度。依我多年山中行走的经验，雪后一定是一个大晴天，太阳一出来，这些积雪会在三四个小时内迅速融化。于是立即驱车上山，海拔仪上的读数才上升了三百多米，砾石上、树上已经有了斑驳的积雪。再沿着已经废弃的盘山公路往上，就已经在越来越深的雪，和越来越浓的雾中了。小叶杜鹃、鲜卑花和小檗灌木丛积上了滋润的春雪，像是海底漂亮的珊瑚丛林。一团云雾飘散，穿过云隙的一束阳光把几丛顶着白雪的树影照亮。一团云雾飘来，遮断了这束光。阳光又透过另一道云隙把另外的事物照亮。一片断崖，或者一段蜿蜒的溪流，一切被光照耀明亮而变得神奇，一切重新被云雾罩住显得迷幻。

来过起码十次以上的巴朗山口到了。

一切都笼罩在大雾之中。居然已经有游客先我们到了，还有山下老百姓，开了皮卡车上来，架上炉子向游客提供热油嗞嗞作响的烤肉串。

除了公路，除了车，周围的景象和一百多年前威尔逊穿越山口时的情形一模一样。

威尔逊写道："穿过异常寒冷、浓雾弥漫的山口。"

"山脊很窄，尖锐似刀，山峰由砂岩组成，里面夹杂有大理石，堆积成锐角，植被很少。几小块冬季未融化的积雪蓄积在山口下面，四周还有很多新的雪。浓雾遮住了我们的视线，但能看见小块裸露而荒凉的区域。"是的，未融化的积雪板滞，因扑上了沙尘有些脏污。而新雪就不一样了，蓬松而又洁白。威尔逊还写道："两三只可爱的蓝大翅鸲，围绕着积雪飞来飞去。它们浓密的蓝色羽毛与周围的白色地面形成了鲜明对比。"是的，就羽毛的艳丽迷幻来讲的话,蓝大翅鸲肯定是这山中最漂亮的飞禽之一。

威尔逊很可能还是第一个测量山口海拔高度的人:"我越过的山口海拔约4340米。"今天的测量技术进步,标在山口的海拔高度应该更加精确:4480米。

穿过山口的风很强劲,刺骨地冷,吹得人不敢张口呼吸。

我有两个选择。一个是躲回车里,等云开雾散,从这里往两个方向眺望。回身向南,是四姑娘山的成群雪峰;在山的北面,是壮阔的峡谷,向着北面的岷江河谷雄浑铺展。这是我昨夜的设想。现在又有了另一个选择,从山的北坡下去。但那一面的旧公路已经禁止汽车通行,要下,就只能徒步。这是我临时起意,更准确地说,就是突然而至的一个冲动:我要踩着这些新雪下山去!

于是,叫司机原路返回,去隧道另一头等待。

粗算了一下,从山口下去,海拔下降一千多米,根据回忆,走盘山公路行程太长,如果裁弯取直走牧人的小路,行程大约在八到十公里。

决定了,徒步下山!

浓雾依然弥漫在四周,身边只有一些尖锐角峰朦胧的影子。岩石裸露,风化剧烈,这是植物难以生长的荒凉地带。和一百多年前的威尔逊一样,"浓雾遮住了我们的视线,但能看见小块裸露而荒凉的区域。"能够看清楚的,确实也就周围几平方米内那些严重风化的角峰,以及破碎的岩石。我不是地质学家,但这些岩石确实让我获得这个特殊世界的真实质感。拿起一块岩石,用另一块岩石敲打,它就顺着纹理迅即破碎了,暴露出里面包裹的白色石英石,有金属的质感。我们这个族群是崇拜这种石头的。

原因当然是从古代到近百年前，石英一直是族群的取火工具。拿铁片与之碰撞摩擦，迸出的火星引燃干燥的火绒，在未有火柴之前，在未有打火机之前。所以，直到今天，我们这个族群还把石英供在寨楼的门楣之上。

眼下，就有一丛火绒草枯萎的茎从石缝中伸出来，在风中震颤。

我穿行于冷雾中，脚下岩石嶙峋，心里盼望的是太阳出来，盼望的是在雪中遇见春花。

下降有两百多米吧，春花出现了。我看见了蓬松滋润的春雪中，星星点点的黄！

积雪，积雪下破碎的岩石，加上六七十度的下坡路，让行走不太稳当。但只要放慢速度，侧着身子，把脚打横，一步步向下，就可以了。

就这样，我来到了一群小鸭跖花前。它们七八朵三五朵一群，紧贴着地面，已然开放。这些小花，生命体是有温度的，它们以自身的热量使雪在近身处融化，这里一团，那里一团，闪烁着黄色微光，在厚达二十厘米左右的雪地中央。

还有矮生金莲，还有花葶驴蹄草，都是直径不过两到三四厘米的精致花朵，都是金黄的颜色，同样融化了四周的雪，兀自开放。它们矮到需要我跪下来仔细打量。雪的凉意透过裤子和护膝浸到了膝盖，但我顾不得有风湿症的老寒腿，单腿跪地，用眼睛仔细观看这些精致的花朵。然后再屏息静气，用相机镜头再次看见：萼片、花瓣、雄蕊与子房。

但它们不是今天的主角。

这个主角,当年威尔逊在川西群山中,包括在这座山上发现它时,就惊呼其为"华丽美人"。我知道会与之相遇,需要的只是海拔高度再降低一点。

又下降两百米左右,在大约四千米的海拔高度上,太阳驱散了浓雾,不仅我所在的这座雪山完全显现出来,峡谷对面的几座雪山也全都显现,在当空照耀的太阳下面亮光闪闪。在这缺乏氧气的高度,我大口呼吸,吸入胸腔的空气滋润清冽,带着新雪的芬芳。

然后,那种学名叫全缘绿绒蒿的华丽的黄色花出现了。

雪覆盖了未发芽的树,形状奇异的岩石,甚至溪流,但开花的生命却充满热力,它们一株株从雪中挺出身来。密被金色茸毛的叶子,一片片紧挨在一起,形成了莲座,斜升的叶片托出一根两根粗壮的茎挺直向上。绿绒蒿的茎也是毛茸茸的,茎上挺出的三两只椭圆形的花苞也是毛茸茸的。那是高山植物有御寒作用的淡金色茸毛所造成的特别质感。大多数绿绒蒿含苞欲放,但性急的那些,在凛寒之地急于报告春天消息的那一些,已经忍耐不住了,开裂的花苞中现出明艳的黄色。我经过它们,小心走稳,为的是不碰倒它们。再下行一二十米,终于,有花朵膨胀到撑开了花苞。被撑破的苞片落在雪上,我捡起两三片来,上面的茸毛温柔刺激我的指尖和手掌。那些金黄花朵,在离地二三十厘米、三四十厘米的高度上显露出牡丹大小的花朵。但它们有着丝绸般光亮与质地的艳黄花瓣还紧紧地闭合着,没有张开。阳光强烈,它们低垂着头,用重叠闭合的花瓣环护着花房。

再顺坡往下一段，阳光强烈，雪开始融化，细弱的融雪水，在砾石间，在刚刚泛青的草甸间浸润流淌。登山靴防水功能不错，踩在这么多雪和融雪水中，脚和袜子都很干燥。但是，拍摄这些花朵需要不时趴在地上，需要不时单膝甚至双膝跪地，裤子湿了，还沾上了大片的泥浆。浸湿了的还有常常撑在地上的双肘。

山顶和山脊上，刚才那些隐身于雪中的角峰也全部显露出来，向阳的岩面光芒闪烁，那是岩石表面的融雪水在反射阳光。这时，再逢到那些在茎上高擎着硕大花朵的绿绒蒿，其中一些已然盛放：丝绸质感的黄色花瓣全然张开，向下悬垂着，需要弯下腰，才能看见花朵内部的全部构造。密集的雄蕊上顶满了黄中带红的花药，将肥嫩的、乳白的、顶端多裂的子房簇拥着、包裹着。柔弱而众多的雄性围绕周围，丰腴的女王独在中央。身形丰腴的她比那些雄性要高出一点，性成熟也要晚一点点。她这是要等待风，等待某种昆虫，因为她等待的精子在同类植物的另外的花朵上面。这是一种避免近亲繁殖的策略，也可以理解为一种植物的生殖伦理。

当年威尔逊就在这面山坡上遇到了这种花："在海拔约3500米处，绚丽的全缘绿绒蒿开着大型、球状、向内弯曲的亮黄色花，在山坡上绵延数千米。这种优美的高山植物高0.6—0.8米，大片的花非常壮观。"威尔逊用的是英尺作度量标准，《中国乃世界花园之母》的译者将其转化为我们习惯的"米"这个度量单位了。我遇到这些花开是五月中旬，是此种植物初开的时节。威尔逊当年是在六月中旬遇到它们，那时，温度更高，风更温润，已经是这种绿绒蒿众声齐唱的全盛时节。所以在威尔逊的记录中，它们植株更高，每一植株开出的花朵数量也更多，不是眼下的两朵三朵,而是十朵八朵以至更多,散布在整片山野。

那时,还会有更多种红色与蓝色的绿绒蒿也一并开放。据最新资料,就在这座山上,绿绒蒿属的植物至少有七种之多。我来这座山访过数次花,所见也有五种之多。威尔逊当年发现了两种:"令我惊喜的,仍有成千上万的全缘绿绒蒿和开深红色花的红花绿绒蒿,虽然没有松潘附近那么多,但至少有数千株散布各处。"这样成千甚至上万株花开满山坡的景象我也不止一次见过——在这座山不远的夹金山,在我老家马塘村后的鹧鸪山,在康定附近的雅加埂。

雅加埂也是威尔逊遇见这种欧洲人称为"喜马拉雅罂粟"的美丽植物的地方之一。那是1903年,威尔逊就在去往当时被称为打箭炉的康定的路上见到了它。1905年,他回到英国,从四川西部的横断山区带回510种植物种子和2400件植物标本,其中最引人注目的,就是多种绿绒蒿种子和标本。为此,他所服务的维奇公司,特地用五块黄金和四十一颗钻石做成一枚全缘绿绒蒿胸针赠予他,以表彰其发现珍奇植物的功劳。1908年,他从成都出发,翻越巴朗山,也是为了第三次前往打箭炉,不过这回他选择了一条新的路线。

在巴朗山上,全缘绿绒蒿出现时,属于另一个庞大家族的报春花也同时出现。报春花家族成员众多,不过现在是山上的初春,我只遇见了最早开放的那一种:紫花雪山报春。最后在此行的终点,接近隧道口的地方,看到了同样是深紫色的独花报春。我和威尔逊走的是同一条路线,但顺序刚好相反。我是从高向低,他是从低往高。

威尔逊在书中写道:"这里报春花最为丰富。毛蕊独花报春可分布至3962米处,再向上则被可爱的雪山报春和另一种同类植物取代。"

巴朗山是今天名称,在古籍中,这个名字还有另一个写法:斑斓山。

黎明醒来,我有些惊奇,下午和晚上,两回似梦非梦的回忆,都和雪有关,都和雪中植物的美丽记忆有关,且颜色都是白雪中明亮艳丽的黄。只不过,一种是木本的四川红杉细碎的针叶,一种是草本的全缘绿绒蒿硕大的花朵。

窗外溪声喧哗,东山脊上,霞光绯红。我听见工作团队欢天喜地,出发布置讲座会场去了。

早饭后从酒店出发,去往会场时,已是艳阳高照,蓝空深湛。

会场就设在长坪沟口的游客集散中心广场上,是半山腰上一小高台,徒步线路的起点。我第一次进四姑娘山就是从这里骑马出发,只不过当年的青稞地变成了广场。当年有些颓败的佛寺整饬一新,金顶耀眼。听众的座席朝向四姑娘山6250米高的主峰,近在眼前。上午十点半,我坐上讲席,寺院的金顶在我后面。杜甫《怀锦水居止》诗中的"雪岭界天白"的"雪岭"也在我后面。讲了一个半小时,杜甫诗其实只是引子。因为那时老杜只是在海拔500多米的成都向西遥望,是远观。现在我们进入了雪岭深处,是近视。四围而来的山野,密布成林的四川红杉、白桦、红桦、高山柳和山杨树用金黄的叶子,在蓝空下,在艳阳下高声大嗓地歌唱。我先把这些植物介绍给大家,然后讲杜诗,讲诗中"雪岭"

的历史与地理。

然后,我成了导游,一行人徒步向山里进发。

穿过郁闭的森林,溪声响亮,溪流却不可见。空旷的林中草地出现,左右两侧形状各异的雪峰耸立。深秋,枯黄的草地很干燥,正好供大家席地而坐,进简单的野餐:饼、牦牛肉、山下村庄所产的小金苹果。

再往山深处进发,我非常愿意向大家指认各种植物。忍冬和小檗的红果、龙胆的蓝色花,以及那些用黄叶辉映阳光的乔木和灌木。

路坡度不大,但持续上升。

身姿最为挺拔的四川红杉出现了。这种喜光的树种一排排站立在一道道山脊线上,背后是深远蓝空和一座座参差的晶莹雪峰。下方是溪流,是众多的树和我们。移步换景,一道山脊和红杉落在了后面,又一道山脊和黄金树升起在天际线上。

这美景诱我离开众人和步道,向山脊攀爬。

绕过,或者翻越一些巨大的岩石,岩石阴影下积着残雪。穿过一些杜鹃树丛,受到惊扰的噪鹛大声叫唤。还有声音响在林子更深处,应该是受惊的鹿在奔跑。

终于站在了高敞处,在山脊线和那些四川红杉站在了一起。我被金色光芒笼罩住了。无风,周遭却满是絮语般的细细的声响。秋已深,寒冬将临,红杉树和所有树一样需要为防冻而脱去水分。树皮、树干和针叶树细密的叶子,都在脱水时同时发声。日光强烈时,脱水加速,那些絮语都提高了一点音量。

红杉的叶每一枚都绣花针一般长短,却比那针更细。《植物志》

上的精确描述是：长1.2—3.5厘米，径约1毫米。这样的针叶一簇簇丛生枝上，十数枚一簇从同一个小小圆心放射状开张。因为其细小，被阳光透过，就失去质感，变成了一束光，许多束光密集交错，就变成了一片金光。

微风起来，树枝摇晃，它们便一枚枚脱离枝头，飞舞着簌簌落下。满地金黄的针叶，落在草上，落在岩石上，落在树自己裸露于地表的虬曲的根上。

看看表上的海拔读数，已经在4300米的高度上了。

早几十年编成的《植物志》上说，四川红杉生长的上限是海拔3500米。半个世纪左右的时间，这种高大乔木的生长上限已经上升了如此之多。这并不是好现象，意味的是随着全球气候变暖，冰雪世界退缩，植物分布的上限也随之上升。这种速度之快，使植物世界看起来生机勃勃，背后却深含隐忧，那就是人类碳排放增加，导致全球性气温逐年攀升，冰川和积雪这些固体水库的萎缩。眼前悬崖上，三十多年前冰川的长舌已然不见。

风大起来。

那是峡谷中受热的空气上升，雪峰上的冷空气下沉，空气对流变得剧烈了。风吹来了许多云，在头顶的天空聚集弥漫。我望着雪山，心里说，老天爷，你不是要给我一场雪吧。老天爷用风回答，让更多的云，更多颜色凝重的云布满天空，遮尽了阳光，遮断了雪峰。气压升高，云层下降，所有挺拔的树冠都隐入了云雾。我快速下了山脊，与大家会合。这时风中已经飞起了颗粒状的雪霰，事先没有准备，不能再来一次雪中露营，大家一起快步下山。

四姑娘山行记

随着高度降低，雪变成了雨夹雪，然后又变成了雨，霏霏细雨。经过的那些小湖，都变得颜色沉着，寒光森然。等我们下到峡口，身上又重新沐浴着阳光。回望山上，依然云遮雾罩，红杉们已不可见，它们在云雾的包裹中，正纷披上松软的积雪。

在景区新开的科普教育馆顶楼休息室喝咖啡暖身时，我在想，明天要不要再上山去，看雪，看雪中红杉。

去有风的旷野

To the windy wilderness

莫格德哇行记

在黄河源盘桓了一周多时间。

该离开了。7月15日，原计划出玛多县城上高速直奔下一个目的地同德县。送行的县长强烈建议绕一个弯，花半天时间去看一个地方：莫格德哇。并叫陪同我的当地乡土志专家华尔丹继续导游。华尔丹本在巴颜喀拉山上扎帐观察野生动物，被县里叫下山来陪同我走黄河源已经两天时间。要在计划外继续耽误他的时间，我怀有歉意，但他却兴奋起来，说那地方确实值得一去。

早上出发，驶回西去河源鄂陵湖和扎陵湖的公路，几公里后，道路分岔，右转向北，驶向一条未铺装柏油的土石路。汽车摇晃着碾过一个个雨后映着天光的明亮水洼。天在快速转晴，灰度不同的雨云在天际线上迅疾奔走，并被东升的太阳镶上耀眼的金边。鹰敛翅在傍路的电线杆顶，在后视镜里越来越远。夏牧场稀疏的帐篷顶上飘着淡蓝的炊烟。牦牛抬头张望，两只牧羊犬冲着我们疾驰的车吠叫。这是黄河源草甸上最寻常的景象。

路蜿蜒向前，一边是浑圆山丘，一边是低洼的沼泽。视野里山峦起伏，映着天光的溪流在宽谷中随意蜿蜒。远远看见了一片黄色花，亮丽照眼，在低处的沼泽中央。我以为是水毛茛，便叫车停下。踩着松软的沼泽，水从脚下的草丛间不断泛起，还好，登山靴防水功能不错。走到花海前,却发现是非常熟悉的长花马先蒿。它们挺着娇嫩的长梗,顶上的花朵前端伸出如鸟的长喙,模仿出水禽伸长脖子四处张望的姿态。虽然不是期待中的水毛茛,但我还是兴味盎然,一边观察那些涉水的鸟,一边看这些模仿了水鸟形象与姿态的成丛成片的嫩黄的花朵。

在松软多水的沼泽中行走一阵,想着就是这些水潴积汇流,最终形成从西向东奔腾着贯穿中国的大河,心中不禁生出些激荡的情绪。元朝皇帝曾派专人上探河源,其报告称"水沮洳散涣,方可七八十里""且泥淖溺,不胜人迹"。现在的我们,手提相机行走在这河源区的沼泽之中,脚踩过这么柔软的草与泥与水,真的是地阔天低,思接万里。

我此时身处在孕育黄河的西部高地的宽谷中间,巴颜喀拉山蜿蜒在东南,绵延起伏的北面的山脉叫布青山。

太阳突破了云层的遮蔽,瞬息之间,所有水洼都在闪烁,映射耀眼的阳光。不只是水,所有的青草也都在闪闪发光:禾本科的草,嵩草属的草。光吸引人去草原的更深处。抬起脚,刚踩倒的嵩草韧劲十足,迅速挺起了腰身。踏陷的地面也立即回弹,迅速抹平了我刚踩出的脚迹。云雀起起落落,对着闯入者聒噪不已。

洪堡在南美作地理探寻时说:"任何地方的自然都用同一种声音向人类诉说,我的灵魂对此并不陌生。"走出这片沼泽时,我回身向鸟微笑,向花微笑。

继续上路,山谷变深,山脉耸起,在高处裸露出赭红色的岩石,纹理或竖、或斜,却层次分明。在一个山口停车瞭望时,我伸手触摸这些岩石。赭红色调的砂砾岩,构成却很丰富。这些岩石是已经成为碎屑的岩石重新压实而成，互相之间，紧紧粘连。有些岩石上，有水草的印迹。曾经的岩层破碎，沉在多少千万年前的水底，重新凝结，所以里面有螺有蚌和其他水生物的化石，其间还夹杂着多孔的黑色火山石。这些岩石来自远古的水底，伴随喜马拉雅造山运动渐渐隆起，在海拔四千米到五千米的地方，裸露在了蓝色的天空下面。山下，宽广的谷地中绿草蔓延，蜿蜒着明亮的水流。在避风的山弯里，倚靠着稀疏的村落。黄河源地区，地理尺度大，这个稀疏，不是相距十里八里，而是间距几十公里。

近期的考古发掘证实，早在旧石器时代，这些宽谷中就有游牧部落生存其中。只因未立文字，时间邈远，曾经的游牧部落面目不清，古籍中概以"诸羌"名之。后来，在七八世纪时，被东向的吐蕃一统天下，被藏传佛教文化层层覆盖，就更难考究其确切的踪迹了。

车下到另一道宽谷中，依然是溪河漫流，到低洼处，便潴积成湖，满溢了，便继续蜿蜒向前。宽谷更宽时，华尔丹指着前方一座三角形的、高出谷地两百多米的孤山，对我说：莫格德哇。离开公路，在草滩上，摇摇晃晃地，车行到那座山前用了十多分钟。孤山背后，隔着河谷，错落着岩石裸露的赭红山脉。现在，一道蜿蜒的水流在我们的右边，左边是这一带最大片的平地。不像是自然形成，似乎是人工平整过的，足有几平方公里的地面。围绕着这块平地，有很长的残墙痕迹隐约凸起。这道长墙围出了什么？一座曾经的城池？长墙范围内却不见任何建筑的痕迹。

里面什么都没有，只有比其他自然草滩上更茂盛、更碧绿的青草。有些残墙根上，一丛丛叶片巨大的大黄挺着一人高半人高的粗壮花茎，高擎着有数千朵蓼科植物特有的密集小花的塔状花序。此时已经是七月中旬了，花期已近尾声，被风摇动时，细小的籽实就密集地向着地面坠落。

走到孤山脚前，面前立着一块高大的碑。碑前的浅草地上，委陵菜开着五出花瓣的稀疏黄花。间或还有一两株有着头盔状花瓣的开蓝色花的露蕊乌头。

碑上面用藏汉两种文字写着这地方的名字：莫格德哇。

莫格德哇？什么意思？我问。答，莫格是地名，德哇是中心。问，那就是莫格地方的中心？答，不是。应该是说莫格这个地方曾是个中心。什么的中心？华尔丹第一次答不上来，说，就是不知道是什么的中心。

至少在一千多年前，比唐代还早的以前，在这偏远荒寒之地，应该有过一座城，是个中心，但是哪个族群所建，史籍无载。那时，在当地，不同族群来来去去，兴起又湮灭；湮灭又兴起，因此，民间传说中也没有关于此地的遥远记忆。忽然听见有含混的嗓音念诵藏传佛教的祈颂经文。此行除了华尔丹没有人会念，但他正站在旁边为我四处指点，指点隐约蜿蜒的墙，指点碑，指点那座耸峙在面前的金字塔形的孤山。发现了一个装置，巴掌大一块太阳能板，用莲叶状的布做了镶边，背后是发音装置。阳光照耀，太阳能板转换了能量，发音装置便自动开始念诵经文。嗓音低沉，吐字含糊，与其说是祝祷，不如说是来自那些踪迹渺茫的古人留在时空中的遥远回声。

乌云又迅疾地布满了天空，天阴欲雨。这是高原上最正常的气候现象。早晨的阳光造成强烈的蒸发，这些蒸发的水汽在空中遇冷气流凝结成云雾，用短暂的降雨把一部分水还给这片浩莽荒原。

我不在意这倏忽而至的雨，知道头顶上的这些云彩并不含多少水分，这降雨最多十多分钟就会止歇。我在意的是，莫格德哇，这个曾经的某个族群在一千多年前的中心，就留下这么片平地，和一道残墙。说是不止，有墓葬群，就在面前这座孤山上。我当即就要上山。华尔丹说，不从这里上山，从后面。车又启行，摇摇晃晃在无路的草滩上绕行到山的背面。

从山背后看上去，山形一变，不是正面看去的正三角的金字塔形了，而是一道分成若干台阶的斜升的山脊。两个大台阶，若干小台阶，一路升上山顶，下面的部分，如一只象鼻探入了绕山漫流的河水。

此地海拔四千出头，大家一鼓作气，攀向高度百余米的第一个台阶。四处都有红色的砂岩出露。岩石间是牛，或者野兽踩出的隐约路径：盘曲、斜升。岩石间有稀薄的土，供顽强的草扎根生长。丛生的蒿草都很柔韧，可供攀引。还有开花的草，现在却无暇顾及，一心想看到已湮灭于历史深处的无名族群的古墓群。

上到了第一个台阶。

没有看到古墓，只看到密集分布的一个又一个深坑，深坑里外，一块块红色砂岩石堆积裸露，坑壁坑底，也是累累乱石。这些深坑就是曾经的古墓，早已被人盗掘一空了。一个接一个三四米、五六米见方的深坑裸露在蓝天下。山上，风很强劲，凌空有声。面前的墓葬却空空如也。一个深坑紧挨着一个深坑。除了偶尔见到一点破碎的陶片，连墓葬里曾经有过的木制棺椁的碎片都未留下一星半点。可见这些墓被盗掘得多么干净。

在高海拔地带，不超过五千米高度，我向来不觉得呼吸困难，现在，海拔四千多米，我却感到喘不上气，有窒息之感。找一块平整点的岩石坐下。我确定屁股下是一块天然出露的岩石，而不是从墓地里翻掘出来的石头。我只伸手抚摸面前出自墓葬的石头。这些石头风化得很厉害，手指滑过时，能感觉到有棱角尖利的砂粒沾在了指尖。下意识用力，是想让尖利的砂粒扎破手指引起一点真切的痛感吗？但砂粒在我的指尖粉碎了。

世界无声，山峙水环。

看见了一只狐狸。不是幻觉，是一只沙狐，从什么地方钻出来，站在一块凸出的裸岩上，逆光勾勒出它毛茸茸的身体轮廓，一圈银光。也是因为逆光，我看不清它脸上的表情。世界又有了声音，白云飘在蓝天深处。云雀在飞，在鸣叫。那只狐狸跃下了山冈。

继续向上攀登，向第二个台阶。沿途被盗掘的墓坑依然密集，但坑洞在变小。最宽阔的台阶上墓坑大，上方狭窄台地上的墓坑小，体现的也是一种秩序一种等级？据说，文物保护部门清点过这些盗洞，没有找到任何有价值的遗留物，只有一个被盗掘的墓葬的统计数字，似乎是一百多个。

就这样直上峰顶。也是盗坑满目。山的顶尖有一堆石头，那是后来的人垒砌的，蒙古语叫敖包，藏语叫日辞。是奉祀山神之所在。石堆上两根竖立的柏木上挂着经幡，被风撕扯、被雨雪侵蚀的残片颜色黯淡。山神佑护大地众生的职责中，大概不包括对前人墓葬的保护,所以,在二十多年三十年前,这样规模的墓葬才被盗掘得空空如也。

黄河源广阔的区域,在秦汉,以至更早以前,是"诸羌"活动的地域。有些遥远的部族或国名,称"苏毗""白兰""迷桑",称"多迷",称"党项"。后来,鲜卑族的吐谷浑来,雅砻族的吐蕃人来,蒙古人再来。我坐在山顶,却只见荒原依然,除了藏人还在此游牧,其他族群尽皆不见。视野里山河无尽,没有一棵树,只有草绵延,无边无际。也不知道,这些草要过多少年,才能将这满山盗洞,这人类造成的丑陋创伤尽数遮掩。

草,植物学的定义,是对高等植物中除树木、庄稼以外的茎秆柔软植物的统称。中国古籍里有我更喜欢的说法:"生日草。"

人的历史湮灭无迹处,草生生不息。我年轻时在草原上游走时写过这样的诗句:"无边的绿草劫尽了荒凉。"

现在,我的身边,我的四周,就有十数种草,在这座岩石裸露的山上四处寻隙生长。其中几种正在开花,棘豆、风花菊、香青。这样的时候,我总是会不自觉地俯身观察它们。

一丛镰叶韭。是的,一种韭。叶片肥厚狭长,镰刀一样弯曲,因此得名。我品尝它的叶子,有韭类辛辣的味道。这丛镰叶韭一共开出了五朵浅黄色的花。更准确地说,是许多小花密集攒聚构成的五个直径两三厘米的花球。我伏地拍摄的时候,从广角镜头里,看见了远景中河与山。河水西来,如这里的任何一条河流,恣意在平旷的宽谷中漫流成许多条,交织又分离,分离又相汇,犹如妇人松散的发辫。地理学上因此有一个专门的名词:辫状河流。在藏语里也有一个专门的词:"玛"。是"玛约",即孔雀的词根，意思是这种河流的形状如孔雀开屏一般。

自由流淌的河流是美的，能流动时，就成溪成河；不能流动时，就汇集成洼，成泊，成湖。眼前这条河就这样，一直漫流到我们所在的这座山脚下，被岩壁阻挡后，又慢慢转出一个自然的弧形，继续向东流淌，继续在太阳下闪闪发光。

我望着河水，嗅着镰叶韭强烈的花香。我见过牧民们在野外大块煮肉时，揪一大把野韭的花球投入翻沸的肉汤中。也曾和他们一起盘腿坐在草地上，以刀为箸，大吃五六分熟的鲜肉，满口皆是肉香与韭香。此时我想的是，那些生活于一千多年前甚至更早的墓葬中人，也用同样的方法烹煮享用肥美的牛羊吧。

不用起身，只需要稍微移动视线，又看见了羽状叶的豆科的草。在这样的高度上，部分植物改变了生长策略，不是挺身向上，而是为了规避风寒，贴着地匍匐生长。开蓝花的是黑蕊棘豆，开黄花的就叫黄花棘豆。现在，它们仍在开花，而一多半的花已经凋谢，生成了正在成熟的饱满豆荚。

还有长在石缝中的一两枝隐蕊蝇子草。它们把花蕊藏起来，包裹在球状的闭合花瓣中，目的也是一样，不使娇嫩的生殖系统受到风寒的伤害。

拍摄它们。

细细地拍摄它们。镜头中，它们呈现形状各各不同的叶与花，呈现不可思议的色彩，呈现演化之力造就的精巧构造。

拍摄时屏气久了，在本就缺氧的地方免不了头晕眼花。我仰身躺在山坡上大口呼吸。眼前蓝空由虚幻而变成真切，静默如渊，其深如海。

以前，古生物学家认为草在地球上的出现不会早于六千五百万年前的白垩纪，但近年的研究表明，植物界的草早在八千万年前就已经出现在地球上了。之前，称霸地球的植食性恐龙是以蕨类植物为主食的。恐龙灭绝后，哺乳动物才有了巨大的生存空间。以开花结籽为标志的两性方式繁殖的草，大部分哺乳动物赖以生存的草，才真正绿满天涯。哺乳动物的进化造就了人类的出现。人类出现的历史短暂，从东非大裂谷发现的第一枚人类头骨算起，不过两百多万年。从人类学会制作石器、陶器的文明算起，时间就更加短暂。即便如此，我们的历史也有很多空白，很多遗忘。比如，眼下四周这些被盗掘殆尽的墓葬的主人是谁，我们就一无所知。这些坟墓被大规模盗掘的年代不很确切，但却很近，"应该是在上世纪九十年代"。上世纪九十年代，穷怕了的中国人大量拥入黄河源长江源，疯狂采挖黄金，疯狂猎杀藏羚羊、野牦牛等野生动物，还加上对前人墓葬的疯狂盗掘。

下山是从山的正面。

我们又来到了石墙环绕的空阔的地面。阳光强烈，太阳能支持的放音装置仍在不倦地念诵祷文。残墙遗迹仍然沉默无语。我转到碑的后边，并用相机拍下碑文：

"莫格德哇遗址初步分析为唐代吐蕃墓葬，也有学者认为是古代白兰国的遗迹。是我省重点文物保护单位。古墓遗址面积约2000平方米，墓址地面显露出少部分残墙、封土堆、壕沟等，地面散落着碎小玛瑙、陶片等。"

就这么多吗？就这么多。

在山上，残墙未见，封土堆未见，见过一点壕沟的残迹。这是不是说，这碑立起来后，此处还继续遭到盗掘？

怀着复杂的心绪继续上路，基本上是沿着河流的走向。当然公路不会去绕那样多的弯，我们离开河流，越过了一道山脊。从山口下去，已经是另外一个世界。依然是宽谷，但越往北走，每越过一道山口，眼前的山谷便显得更干燥一些。这一地区，一百多年前的俄国探险家普热瓦尔斯基，于1872年冬天曾经走过。读过他的书：《蒙古与唐古特地区》。书的副标题是"1870—1873年中国高原纪行"。他的行程从蒙古穿河西走廊越青海湖进柴达木盆地，再越过布尔汗布达山进入黄河源头的广阔地区。此时，布青山已经在南边，我们来到了布尔汗布达山系跟前。与普氏当年的由北向南的行程相反，我们是从南往北。

普氏写道："总的来说，山脉的南坡比北坡略为肥沃：这里的溪流更多，周围有些水草，形成类似草滩的样貌。"

"再往南，是黄河与长江源头地区的分水岭，巴颜喀拉山。"

这一周多时间，我都在溯黄河而上，位置就在这些山系之间。普氏还说到了一个大湖，托索湖。他写道："托索湖就在这两者之间。"

我不知道，此时我们已经出了黄河源区，眼前出现的那个蓝得深沉的浩渺大湖就是托索湖。因为路牌上标着的名字是冬格措那湖。好在随身带着讨要来的《玛多县志》，稍一翻阅即知道，托索，是蒙古人在这里频繁活动的几百年里用蒙语给湖的命名。后来，藏族的游牧部落回返故地，又带来了藏语的名字：冬格措那。语言不同，意思却一样，黑海。

湖边横亘着裸露的赭红岩山，地理学上说这样的岩石是湖相沉积。几千万年前，这里是大片古湖。如今这些历经冰川打磨和风雨侵蚀的奇峰造型千姿百态。走近山体，还是构成复杂的砾岩，破碎了又在水底重新凝结的那一种，依然保留着水下生物的痕迹——红色砾石中有许多贝类化石造成的钙质洇成的种种白色图案。冬格措那湖水色深沉，平缓的湖岸上开着耐旱的黄花。大片无树攀缘的甘青铁线莲平铺在砂石滩上，都在努力抽茎，好把那倒扣的钟形花朵举得更高一点。更细的砂地中，补血草也贴地开着黄花，成丛成团。水中的花也是黄色的，那是密集的水毛茛成片铺展在水面，在波浪推动下微微鼓涌。其间有水鸟游荡，棕头鸥和赤麻鸭。它们悠游在水面，即便带着两百的变焦镜头，想要拍几张清晰的照片也不能够，你稍靠近一点，它们也不惊飞，只是从容地游向湖的更深处，始终和人保持着三百米以上的距离。

从莫格德哇，到冬格措那，我们已经出了黄河源区，是在内流河柴达木河的上游了。从冬格措那湖流出的河流向西北，汇入柴达木河，最终消失在柴达木盆地的戈壁滩中。

再半个小时，就回到早上没走的西宁至玉树的高速公路上，再十多分钟，下高速，我们就已经坐在花石峡镇政府的食堂，享受一碗清凉酥滑的牦牛酸奶了。花石峡镇，海拔四千五百米，面积八千多平方公里，人口四千多不到五千。莫格德哇，就在其辖境之内。

饭间，我又提起莫格德哇。因为这个地方，正是该镇所辖，我想听听当地人的意见。镇上干部，一些人倾向于那些墓葬是吐蕃人遗迹，一些人倾向是白兰。但都是推测而已，都没有证据。我也没有证据，心里却响着两个字：白兰，白兰。

我这么想，不是有什么学术理由。杜佑《通典》说："白兰，羌之别种，周时兴焉。"我的理由就是，这样一个曾经古老的族群，不应该只是典籍中间出现一下的飘渺名字，总该在这个世界上留下一点真实的遗存吧。即便就今天作为当地主体居民的藏族而言，其先民也不全是越唐古拉山而来的雅砻族群，身体中应该也有被吐蕃征服的包括白兰人在内的众多族群的复杂基因吧。

《新唐书》中说："又有白兰羌，吐蕃谓之丁零。左属党项，右与多弥接。胜兵万人，勇战斗，善作兵，俗与党项同。"

《新唐书》还载："龙朔后，白兰、春桑及白狗羌为吐蕃所臣，籍其兵为前驱。"龙朔是唐高宗年号，前后用三年，即公元661年至663年。那时吐蕃胜兵所向，在今青海境内先后击破前述诸国后，又在公元663年破更强大的吐谷浑。《新唐书》也有载："吐谷浑自晋永嘉时有国，至龙朔三年吐蕃取其地，凡三百五十年。"

饭毕，和三天来伴我河源行的华尔丹分手。他回玛多县，八十公里，明天继续上喀尔巴阡山跟踪野生动物。我向北，去同德县，二百七十公里。一路疾驰，地势北倾，海拔从四千多往三千多迅速下降。面前出现一座叫鄂拉的山，但高速路没有盘山而上，而是迅速穿越一孔隧道。如果上山，就可以从山口俯瞰一片草原。公元670年，吐蕃破白兰、吐谷浑后没几年，便与唐王朝直接对峙争雄了。唐朝名将薛仁贵率二十万大军远征，先胜后败，在此全军覆没，造成唐与吐蕃间攻守易势。那时，这片古战场名叫大非川。那时，四围而来的吐蕃大军中定有不少是已经臣服的白兰和吐谷浑勇士吧。

莽原无言，视野里，裸露的岩石山消失不见。草掩没一切，只有起伏的丘冈，只有漫布的牧帐和一群群牦牛。

草原上出现了树，立在低洼处的溪流边，树荫团团。有柳，有沙棘，有柏。黄河源地区平均海拔都在四千米以上，不适合树木生长。有故事说，那些去果洛黄河源区长期工作的内地人，下到这个高度，已经有两三年没见过树了。有人会抱着树木放声痛哭。我也有十多天没看见树了，也想在树荫下小坐片刻。当然，只是想想，并没有叫车停下。

这片草原如以黄河源为坐标，是在河北。但黄河从玛多县东去后，沿阿尼玛卿山南，经玛沁、达日县，东入甘肃省玛曲县和四川省若尔盖县，又沿阿尼玛卿山脉北麓转身西流，直到共和县龙羊峡又才掉头东去，如此，这兴海县境内的大非川又处在了折返向西的黄河南岸。

当年的古战场，如今草色弥天，牛羊蔽野。车行数十公里，就是同德县地界。草原尽头，河流深切，深峡出现在面前：厚积的赭红色厚土裸露成高岸层层堆积，狭窄处峡壁陡立；宽阔处，深切的黄河造成了若干宜于农耕的台地。有引水渠道，沿渠生长着茂盛的杨树与柳树。阶梯状沿山而起的庄稼地里，小麦和青稞正近熟黄。黄河水也变成了与两岸的厚土同样的赤铜色，在峡底沉沉流淌。

下午五点多了，阳光还很强烈。

穿过大片麦地，穿过很多杨树，我们来到了一处考古工地。

靠着一个泥坯房的村庄，考古发掘现场就在麦田和成排的杨树的中间。一队考古专家正拿着刷子和小铲小心翼翼地工作。

二十多年来，考古工作者在这片黄河台地上几个村子中不断发掘，终于呈现出古籍中所称"赐支"之地的一种先民文化遗存。以发掘地命名，称之为"宗日文化"。

考古现场也是一块黄河台地上的麦田。表面的熟土被细心移开，再揭开几十厘米厚的土层，一座房屋的地基显现出来：柱洞，早前的夯土。旁边还有一座躺着一具完整人骨的敞开墓葬。三位专家依次热心为我作了现场讲解，讲发掘的意义与成果；讲为什么冲沟能证明彼时的水文情况；讲这种居址发现对先民文化考据的重要性；讲灰坑，讲灰坑里的发现，讲如何用这些坑中弃物完成宗日人生产生活的部分拼图；更讲清楚了宗日文化与马家窑文化和齐家文化的相互渗透与影响。旁边的展板上还有宗日出土的造成全国影响的夹砂陶器与骨器。

四天后，到西宁，去青海省博物馆看了宗日陶器中号称"国宝"的两件实物：两只陶盆，泥胎橙红，用黑色描出纹饰和鲜明的人物形象。一只叫"舞蹈纹彩陶盆"，盆内上部，靠近沿口，两组人牵手联臂舞蹈，一组十一人，一组十三人，体态修长，大头和宽臀略有夸张，使得形象生动而有节律。另一只叫"双人抬物纹彩陶盆"，也在盆腹内部，靠近沿口处，一圈纵列的鲜明纹饰中，是两个立人面对面合力抬起圆石，并用弯曲的腰身表现出了圆石的重量。沿盆一周，一共四组。专家说，那舞蹈可能是娱神，那这抬石图就是劳动了。

最称奇的，是宗日文化出土一组骨制餐具，刀、叉、勺，活脱脱的西餐三件套。在筷子文化的中国，另起一端，似乎间接说明那时肉食占比高，和处理食材的方法。

这个新石器时代的文化被定位于五千七百年至四千三百年前。

这是一支联合考古队，由青海省考古所、河北师范大学和南京大学协同组建。我为宗日文化的细心发掘与考证欣喜，眼前却又浮现上午所见被盗掘殆尽，以至于连墓主的族属都难以确定的莫格德哇。心中又响起悲声：白兰，白兰。当今之世，总有别有用心的人，或者被所谓民族情感蒙蔽的人，把某一族群的血缘描绘得过于单一以表纯粹。但基本的人类学知识告诉我们，民族与文化形成的历程并不如此简单。越是生生不息的族群与文化，越是基因驳杂。宗日人是我们的祖先，白兰人也是我们的祖先。可不同族群的文化遗存再见天日时，命运却如此天差地别。我也不相信莫格德哇所有的东西都被盗掘殆尽，如果对那些墓葬再行科学发掘，一定还有许多文明的线索，更不要说山下残墙包围着的地方了。

这一天最后的行程是去黄河边上。

黄河从玛多县西去绕阿尼玛卿山大半圈，流程上千公里，此时又从东而来，在同德县境和与其阔别一个白天的我再次相会。站在台地高处辟出的观景台上，面向东方，看流量丰沛了许多倍的黄河迎面而来，水面宽阔，流动沉缓，穿过红土深峡中的宽阔滩地，穿过滩地上茂盛的柽柳林，映着西下的夕阳，亮光闪闪。

下到河滩上，植被景观大变，都是中国西北耐旱的砂生植物。结满红果的白刺，和花期已过的砂生槐，还有大丛大丛茎已木质化的中亚紫菀，盛开着淡紫色的繁密花朵。更多柽柳。柽柳是西北荒漠中的常见植物，但在这黄河滩上，一株株、一丛丛长得如此繁茂。印象中柽柳是灌木，在这里却长成了高大的乔木，没挺拔的白杨高，却比杨树粗壮许多。这些老柽柳分枝众多，每一株都制造出一大片阴凉。同德县的人说，好多树岁数都在千年以上；还介绍说，当年黄河上修梯级电站，这片河滩本要被淹没。就为保护这些特别的柽柳，而改了坝高，这些植物"活化石"才得以继续生存繁衍。

面河的杨树和柽柳下搭着好些帐篷，是沿河农耕村庄里的人们出了土屋，在庄稼收获前的农闲时间，以家族或村庄为单位出来露营欢聚。这是全中国已经定居农耕的藏族人一个普遍的习惯，总要在当地最美好的季节，走出石头和泥坯垒成的居所，来到野外，在帐幕中歌舞饮宴，想必是血液中精神上游牧基因的顽强苏醒吧。主人安排我们也在一座面河的帐篷里面对夕阳映照的河流晚餐：手抓羊肉、牛肉包子、黄河鱼、乳酪、青稞酒。征得主人同意，我请了几位考古专家从工地上下来，共享肉酪，共饮酒，共话先民文化。

酒喝多了。随和的我开始固执，强人所难，不让他们再说越来越熟悉的宗日文化，也不要谈我的书，我要谈白兰。考古学家态度谨严，有一分证据说一分话。迄今为止，曾经的白兰国仍只是古籍里一点草蛇灰线。夜深酒尽时，面对沉沉西流的黄河，我眼前始终还浮现着莫格德哇那座山上墓葬尽毁的凄凉景象，我还在叨咕：白兰，白兰。

第二天，同行人学我的醉态。我只能解嘲，说那是被白兰附体了，在布青山下的莫格德哇。

去有风的旷野

To the windy wilderness

分云拨雾见米仓

晓得光雾山之名起码二十年了。

川东北巴中市南江县，每年深秋，以光雾山上的灿烂红叶为号召，吸引人前往观光旅游。

对我个人，只说红叶吸引力不大。我们所处的地理纬度上，何处秋山无树？何处秋山之树经秋霜浸渍，而不变幻出艳丽重彩？毛泽东年轻时的诗词："看万山红遍，层林尽染"，说的就是，秋风起时，这景象从南到北布满四季分明的大半个中国。上世纪八十年代以来，旅游业兴起，以红叶为号召，过红叶节，仅四川而言，也不止光雾山一处。不止一次，光雾山红叶节，我也受到邀请，却终究未能成行。找过一些写光雾山红叶的文章来读，并不感到特别的吸引。

就这样，不但未亲身前去，还受经验主义支配，形成先入为主的印象。以为光雾山就是一座孤立的山，山上比别处多树，且多是秋天变红的树种。当地因此开发一景区，买票上山，坐观光车，在几处观景台停车拍照，然后结束旅程。我知道奔一个地方，如果只看红叶，要去得恰逢其时，这要天气帮忙，才能见艳阳下树树红叶灿烂放光，于是惊艳，赞叹。这是运气好。倘若运气不好，到了地方，或者叶还未染颜色，或者一场风雨，已将红叶尽皆摇落。"树树秋声，山山寒色。"通常的情形往往是，看红叶而未见叶红，办红叶节而霜期不来。这种尴尬，在单以红叶为号召的景区，往往在所难免。红叶总不肯按期而红，即便红了，存续的时间也要由天气决定长短。所以，我没有专程去过红叶景区，除非是顺道遇见。某几种树在秋天变红，就如别的树种变幻出黄色或其他颜色，只是大自然中植物界停止光合作用，准备进入冬眠时的一个自然表征，跟春天树叶初生时的各种浅绿，跟夏季盛大汪洋的深绿是要进入生长周期，进行光合作用没有本质区别。这种种变化，都是时序流转，四季更迭，我会想不明白，为什么独独是红叶的那一阵，才值得观赏。

今年十月，中旬，终于有了光雾山之行。

首先是因为主人盛情邀请，更因为红叶之外的另一个理由：南江县编辑了一套囊括当地历史人文及自然地理的丛书，出版前要在当地做一次郑重发布，当下提倡文旅融合，全域旅游，摸清家底是起码的工作，但往往又是常被疏忽的工作。我看了丛书纲目，不是局限于一个景点，而是南江全境，从历史到地理，因此乐意前往，至于山上的红叶，那就是个顺便。

从成都半天到南江，过县城而不停留，直奔光雾山镇。公路顺江流蜿蜒，村镇愈稀疏，峰愈峭拔，谷愈幽深，森林愈茂盛，树木愈高大，云雾愈飘渺。细雨时来时不来，山上少见红叶，黄叶也并不灿烂。我并不失望，山高涧深，水落石出，林木萧瑟，确是群山秋深的味道。到了光雾山镇，两水相汇处，三峡相交，山腹上立着正在落叶的树，山头都隐在云雾之中。主人解嘲，说：光雾山，光是雾的山。酒店门前，一株老核桃树，绿叶凋脱，裸枝虬劲，粗粝树干上寄生着苍老的苔藓，还有两丛叶片狭长的蕨，虽饱吸雨水，却也显出枯萎的样子。时序流转，秋之为气，植物们大多显出疲倦了想要入冬休眠的样子。这就是秋天的样子。

下午开会，说那套将付印的书。洋洋四大本，人文方面，从历史遗存到民间风俗，面面俱到。几本书共同的一个特点，从地理入手时，说光雾山少，说米仓山多。因此得到两个新知识：

其一，米仓山大，不只提领整个南江县，还绵延到更广阔的地域，光雾山只是米仓山脉在南江境内的最高峰而已。

其二，上溯到两千多年前，秦汉时期，接续穿越秦岭到汉中盆地的子午、傥骆、褒斜、陈仓等古道到四川盆地，去蜀，有金牛古道；到巴，则是穿越巴岭米仓山脉的米仓古道。

既如此，我在会上也提一个建议，希望这套丛书增加一本自然之卷。既然要说米仓古道，就得说清其穿越的地理；既然南江一地旅游，以自然观光为号召，当然应该从生物学角度对公众进行自然知识普及和自然生态教育。所以，应该有一卷书，讲讲地质构造，讲山脉，讲水文，讲讲植物，讲讲动物。

散了会出来，见晚霞漫天。四围的山都显露出来。接天处，一座座似断还连的峰。灰白色的陡峭崖壁。崖壁石缝间兀然耸立的树，该是松与枫之类，斜张开的树冠剪影，仿佛在模拟古人笔下的山水画卷。主人说，这会开得好，下了半个多月雨，终于停了。景区刚过了红叶节，但秋雨连绵，秋叶未被霜染渍，便凋零飘坠。雨一停，天放晴，有了晴好的白天和下霜的夜晚，这下，红叶就要出现了。

这个夏天与秋天，常常被干旱所苦的许多地方，反常地被前

分云拨雾见米仓　　65

所未见的雨水所折磨。不只是红叶未红的焦虑，是家园毁败，生灵涂炭。

不过现在雨停了，蓝天衬托出红霞漫天。

第二天早起散步，天还没亮。循着隐约的路，听溪声沿山谷上行。三公里后，天渐渐亮了。东方刚刚露出一角蓝空，雾就从谷中升起来，掩去了一切。这就是山中雨后初晴的典型表现：初升的阳光使山谷中水汽蒸腾。转眼之间，雾就郁闭了四野。不要说山，就是高壮些的树，其树冠也隐而不显。不因望不到秋山秋林而失望，我下到溪边。古人写过的啊，山高月小，水落石出。"荆溪白石出，天寒红叶稀。"累累涧石是秋；涧石间绿色菖蒲擎着干枯花葶是秋；水流上不时漂来几片黄叶，也是秋。

归路上，路旁崖壁上，开黄花数种。蔓而垂之，疏花自上而下有序相间，是明黄野菊。直茎上举，花朵细密，是密舌紫菀。紧贴岩壁簇生蔓延，丛丛黄光照眼，是东南景天。这也都是秋。

大可不必因为未见红叶，而失望，而抱怨，不必非见一种规定性的秋天。

欧阳修夜读书，未见秋色，静夜中"闻有声自西南来者"，"如波涛夜惊，风雨骤至"，"星月皎洁，明河在天。四无人声，声在树间"，而生感叹："此秋声也"，而作《秋声赋》，传诵千年。秋，既是四季时序之流变，更牵扯人的生命节律与感慨。这样的清晨，看落叶逐水，看秋菊丛开，听见云雾中树树秋声，更感生命之美丽与时光之无情。

山道盘旋，乘车上光雾山。

光雾山是一座大山。绝不是我先前以为从前山一两个小时上去，再从后山一两个小时下来的那种孤立景区。

渐渐地，山谷深陷，峡底终不可见。树愈高大，林愈浓密。几次停车瞭望，都觉得该是目的地了，却只是停在大山鼓起的腹上观见林海苍苍。山越高，下方的峡谷越显出雄浑与幽深。秋风吹拂，阳光融霜，森林正褪去夏天浓绿的妆色，泛黄，泛紫，这是森林要休歇了，树干中与枝头上充盈的水分正回到土石下的根部，制造光合作用的叶绿素正在褪去，叶片中的花青素浮现出来，连绵的森林将幻变出响亮的黄和鲜艳的红。森林将在脱尽叶片，在严冬的风雪中沉沉睡去之前，要在一年中最明净的阳光里，在最湛蓝的天空下，来一次色彩的大交响：万众树木气势磅礴，高声歌唱！

但现在，这一切还在酝酿之中。连绵旬月的冷雨刚停，所有的树，无论椴、榉、槭、栎、柳，湿漉漉的叶片沉重低垂，正在等待阳光。只有阳光的魔法，才能使它们变得干燥，变得艳丽，才能在风中轻盈翻飞，像是精灵附体。现在，阳光把从它们体内蒸发出来的水汽汇聚为雾，升腾为云。如果来此山，只为红叶，当然就会失望，就会抱怨。也因此，陪同游览的主人也一直为光雾山红叶将红未红而抱有歉意。我宽慰他们大可不必。红叶，更准确地说，"层林尽染"的彩色秋林，无非是森林从春到冬四季流转中，一次生命循环的高调休止。现在，群山和森林正在酝酿那最华彩的生命礼赞。山溪消落，磊磊石出；老树静穆，高立崖间。一切都蓄势待发，只需接连几个高天丽日，一身轻盈的树们就会众声喧哗，热烈歌唱了。

现在，只看一团挂在崖间松树上的雾，一朵停在静静水潭中的云，屏神静气，感受那些气息流动，感受秋林彩色大爆发前最后的深呼吸，这一切都是人走入大自然最美好的体验。

下车了，沿着设计好的步道在山腰的密林中穿行，不要太介意游人的喧闹与拥挤，让自己和眼前的树一样安静下来，也随着大森林呼吸的节奏来一个深呼吸，身体中立即就充盈了山野的味道：根和泥土，光和光中的叶子，岩石和流水，风和鸟鸣，大树和沉默。伸手抚摸，空手时是一缕风，一束光；满手时，是叶，是枝，是干，是一棵树，是一群树。一切都是真切的质感。一切都在告诉：这是秋天的森林，森林的秋天。

看见了会变出红叶的树种，有些是常见的，比如俗称为枫的槭；比如，紫红树皮上有着漂亮纹理的野樱桃。还认识了当地特有树种，巴山水青冈。主人介绍说，这就是光雾山红叶的主力树种。眼下，水青冈圆形而略显狭长的叶片还是绿色的，只在有着浅浅锯齿边缘处微微泛黄。水青冈这是这片森林里最为通直高大的树，特别是那些粗壮的老树，发达的根系半裸在地表，紧抓住岩石与泥土，在地面模仿出树冠的图案。这些水青冈，不论是成群簇生，还是独立一处，都腰身挺拔，径直向上，未达一定高度时，坚决不枝不蔓，一直达到超越其他树木的高度，才在二十米三十米的高空中，展开华美的树冠，显现出引导群伦的领袖气质。它们站在哪里，哪里就是中心，其他树则成为心甘情愿的陪衬。桦树、榉树甚至松树和柏树都是如此，更不要说本就低矮的杜鹃和黄杨之类。阔叶灌木山矾正在花期，却只是悄然绽开低调的花序，在高大的乔木下开得不声不响。

捡拾到几颗巴山水青冈的种子，坚实的圆果坐在只及半身的半圆形壳里，煞是可爱。橡树的种子是这样的，栎树的种子也是这样的。所以，水青冈和它们在分类学同属一个科。这个科的共同点就是种子的样貌，并从这种共同点得到一个共同的名字：壳斗科。

步行完这一段山道，再乘车转去另一段更漫长的步道。这回，要去的是光雾山的最高处，海拔两千多米的地方。

海拔升高，水青冈群落消失了。道路旁，斜出于峭壁陡坡的是桦，是松，是柏。路旁渗水的岩壁间还长着草本的报春与苣苔，报春花会在初春开放，苣苔则开在夏天和初秋，现在它们花期已过，行在路上，却可以在萧瑟秋景中想象它们开花时的生气勃勃的春与夏。

在这个高度上，最具观赏价值的，是杜鹃花树。

当所有树都在秋天显出枯寂的面相时，杜鹃花依然充满生气。阔大的皮质叶片依然一片深绿，涂了蜡一般在太阳下闪闪发光。簇生的叶片中央已经捧出了明年夏初才会绽放的花蕾。眼下，这些圆形的花蕾都被鳞片状的萼片紧紧包裹。覆盖了苍茫群山的树，大部分正在或将要"木叶尽脱"，唯有一树树杜鹃，依然叶片深绿，在冬天将临的时候，在枝头孕育着来年盛大的绽放。它们开放该是明年五月间了，杜鹃鸟在绿树幽深时声声啼唤的时候。"杜鹃声中杜鹃开，杜鹃岭上杜鹃来。"这是我为另一个杜鹃盛开的山岭题的碑文。而现在，明年的花期还远，落叶翻飞的秋后，还有一个沉寂的冬天。眼前这些杜鹃长在奇峰危崖之间，每一树都各各不同，各自构成一种奇特的姿态，都是人工不能造成的奇特美景。唐代诗人白居易看见过这样的奇景，还曾想把这样的杜鹃移栽到自己的庭院，但这些高山杜鹃总是野性难驯，所以他称叹："争奈结根深石底，无因移得到人家！"

前两天，山中细雨飘飞时，这蜿蜒的山脊上，早已是白雪纷飞。顺着人工开辟的阶梯，登上一座小峰的最高处，四周都是绿光灼灼的杜鹃树，树下还有未化尽的残雪。主人在为我描绘明年杜鹃开放时的绚丽景象。我没有出口的却是两个反诘：

反诘一：难道此时孕育花朵的杜鹃就不值得观赏？

反诘二：既有夏天如此绚丽的杜鹃花海，为何一直只说那些红叶？

现在，我们在光雾山也是米仓山的最高处，居高望远，山势浩渺苍茫。眼下，我们就置身于一片壮阔地理的中央，在一处风景观赏发生的现场。也是在此时，我才晓得，光雾山如此雄浑阔大，却只是米仓山脉的一小部分。米仓山横亘在川陕交界的汉中盆地和四川盆地之间，作为南北的地理分野横亘几百公里，又还只是古代与秦岭并称的巴岭，今天称为大巴山的一个组成部分。大巴山西南是四川盆地，隔着汉中，大巴山北方是秦岭，是关中，是黄河，是北方中国。我们深入地理，是为构建具体而直观的完整体认。进山登高，不是迷失于局部，而是体察整体。

光雾山最高处，也就是米仓山脉的最高点，山脊呈东西向如巨龙蜿蜒，北面是陕西南郑，南面是四川巴中。林海覆盖道道山梁与深峡，阳光蒸发起一波又一波的云雾，不断蓄积，不断上升，不断飘散，扑面都是饱含草木芬芳的林野之气。云雾使山幽谷深，在明亮阳光下，更显得雄浑渺远。当年，白居易的好友元稹越秦岭到四川，白居易和他的组诗《东川行》行时有妙句："万重青嶂蜀门口，一树红花山顶头。"不就应的是眼前之景吗？只不过，要看"一树红花山顶头"，得待来年春深时了。这"一树红花"写的正是米仓杜鹃。

意欲离开，导游坚持再等待一阵子，说，可能马上就能看见过山云，看见遮蔽四野的浩荡云海。导游说，雨后初晴，南面山谷水汽蒸腾不息，此为条件一。条件二，来自北方的干燥冷空气南下，与南坡上升的水蒸气在山脊相遇。条件三，两种气流在山脊顶牛颉颃，最后，冷空气终于占了上风，往南边山坡缓缓下泻，把湿热气流中的水汽都凝结起来，于是云海形成。近午时分，果然就等到了冷空气从北方蓝空下来，翻越米仓山脊时，与南坡蒸腾的水汽相遇，两股冷热干湿不同的气流猝然相遇，覆盖山脊的雾幔瞬间生成。自北向南，向下流淌，填满下方山谷，转瞬之间，脚下就已然是云的深渊。我们置身的山顶，已然如蓬莱仙山，成为载沉载浮的孤岛。几座石灰岩的孤峰隔云海遥遥相望，上面站着一两个人，一两树扎根于岩石间的柏树与杜鹃。天地一片静寂，突然有一两只鸟开始大声叫唤。云的波涛开始涌动翻卷，海上仙山的幻景渐渐消散。唐代诗人元稹两度翻越秦岭巴岭入东川，他是见过这种景象的，有诗为证："才见岭头云似盖，已惊岩下雪如尘。"元稹写此诗，是第一次使东川时的公元809年，距今已忽忽一千二百多年。人的社会变迁巨大，自然景观却还如千多年前。

分云拨雾见米仓

古往今来，人文记忆与自然景观相互映照，叹兴亡，味永恒，都在这山水诗文中间。

下山途中，远望见金黄灿烂的树林在山谷中蔓延数里。午餐后穿行其中，识得是落叶松迎来了它们的高光时刻。在米仓山中，别处未见落叶松踪迹，只见它们在这片叫作大坝的宽谷中连绵成片，判定应该是人工栽种。晚上翻阅南江县政协所编文史资料，真就读到一篇文章，回忆上世纪六七十年代，在此地建国营林场，伐木支援国家建设，又在伐去原始森林的迹地上种植人工林恢复植被。证实了我关于落叶松来历的猜想。落叶松虽名为松，其实是杉。其柔软的针叶羽状排列，春发秋脱。白天缘溪行，穿梭于落叶松林中，风过处，黄色针叶簌簌飞坠，枝柯间，阳光亦被染成了一派金黄。不独红叶，灿烂黄叶，亦是一派秋光！

也是缘那条溪流下行，将外来的落叶松林走过，就是本土树种的自然林地。风忽偃忽起，阳光忽强忽弱，野樱桃树黄叶飘飞，落在溪上，落在光润的涧石之上。也是在这幽静深谷中，见到另一种水青冈：米心水青冈。半山腰上的巴山水青冈和松与杉一样，是一茎向上，通直而雄壮。米心水青冈则是丛生的，一丛多达十几茎，依然通直，斜升着向上支撑开巨大的树冠。溪谷狭窄处，常见一丛水青冈伸枝展叶，将溪水全部掩蔽于它的树荫之下。风悄然起时，有泛黄的叶片脱离枝头，轻盈飞坠于潺潺的溪流中。秋更深时，米心水青冈的叶子也会变得一片艳红。现在，那些提前飘落的黄叶，在清澈的溪水中载沉载浮，流向山外，传递米仓群山秋天日深红叶将燃的消息。

在光雾山镇的第二个夜晚，弄清了落叶松的来历，又上网查阅水青冈的资讯，确认水青冈确是造成米仓山红叶胜景的主力树种。壳斗科植物中一个专门的水青冈属，全部生长在北温带，中国大陆共有五种，米仓山中即有四种。我这一天，已经在米仓山中识见了两种。以后，若有机会恰逢米仓山红叶灿烂，就有了具体的一种树，也就是满坡满谷的水青冈树的形象作为依托了。更何况，我可能更爱看这些树，如何在春风中萌发新芽，虽然说，春天众树的萌芽，不若秋天的红叶黄叶那样绚丽，但千树万树抽芽展叶时，那深晕浅洇的绿，春潮一般荡漾的绿，不也一样动人心弦？

红叶只是时序上的一个点，而群山众树的荣枯，却是生机与美感十足的四季变换，是与我们肉身与情感呼应的生命节律。如此想来，光雾山拥有四季美景，却只说红叶这一个准确时间都难以把握的点，难免让人感到遗憾。这是就时间而言。浩荡米仓，只说一座光雾山，也是一种巨大的浪费。这是就空间而言。红叶，光雾，光雾，红叶，改一句成语，正是一匹红叶障目，不见了四季之美；只说光雾，而不见了更加雄浑多姿的米仓全山。夜里看各种材料，回味白天所见景观风物，禁不住种种感慨。

现在的窗外，空中有星光闪烁，天真的晴了。天地相接处，立着几座峭拔岩峰，又回想起白天所见的米仓山独特地貌。高处，石灰岩质侵蚀严重，危崖壁立，孤峰参差，是典型的喀斯特地貌。往下，大山的腹部，却饱满浑成，林海绵延，支撑这种地貌的是坚硬的花岗岩层。两种岩层，在同一座山上，造成两种截然不同的地质景观。记得地质博物馆中有一个说明，两种岩层形成于不同的地质年代，一个是寒武纪，一个是震旦系，两相配合，才造成眼前的地质奇观。

新的一天，照例早起，在两河相汇处，昨天是逆一条溪水往上，往米仓山主峰的方向。今天，我沿河向下，发现是另一个景区的大门，便自觉止步。只在四近河两岸看水，看山。看水，涧水冲激，水底下裸露出纹理清晰的平整岩层。看山，见处处出露的危崖高壁，无非是涧中平整的岩层被扭曲错动了，斜向着，甚至壁立着陡然升高。米仓山中坚实的花岗岩地层消失了，剩下的只是错动剧烈，溶蚀也剧烈的喀斯特地貌。在我以往的经验中，喀斯特地貌高度发育的地区是广西，是贵州，是云南，不意却在米仓山中也遇见了。比之于广西贵州一带喀斯特灵秀俊逸，这米仓山中的喀斯特，更有种偏于北方气质的高拔雄浑。

这在我，不啻是又一重惊喜。

水声与鸟鸣中，不禁想起自己年轻时写的诗句："惊喜。惊喜。我对群山的一隅久久注视。"

来光雾山一行，这意料之外的惊喜已经是第几重了？早餐时，我把这惊喜算给陪同的主人们听。

一重，光雾山之美，不只是红叶，是四季流转中，山、水、森林丰盈枯寂的交替流变之美。

二重，南江之美，何止一座光雾山，南江形胜是提领了全县地理形势的米仓山脉，是磅礴浩荡之美。

三重，不想米仓山脉中还有如许雄峙一隅，鲜为人知的喀斯特地貌：形成幽深曲折的涧，危临深谷奇树斜敧的峰，相互错落，水绕山环。

主人笑而不语,那表情分明是说,后面还有更多惊喜。

再上路,进了早上没进成的景区大门,往在光雾山镇汇合后的两条河的下游去。

导游说此去的地方是两河口。

我们所在的镇子,就是一个两河口。只是没有叫两河口这个地名罢了。四川盆地周围山地植被丰茂水源丰富,有峡有沟处,涌泉成溪,有水奔出,相汇成河。小河与小河,小水与大水相汇处,都可以叫两河口。所以,两河口是山中最常见的地名。我们此行无非是从一个不叫两河口的两河口去一个直接就叫两河口的两河口。

在我经验中,山中叫两河口的地方,往往是交通要冲,人烟辏集。但这个地方,没有一座房子,只是两河相汇,只是顺河而来的公路,在此相交,只是座水泥拱桥,架在两河相交处的三岔口上。

河两岸几乎垂直的悬崖,夹峙出逼窄深峡,要努力仰头,才能看见柱柱奇峰直入云天。站在跨河的公路桥上,两河从不同方向来,在光滑如玉的石灰岩河床上飞珠溅玉,在眼前汇聚,又从峡中南流向远方。我下到河床上,只是为和那些清澈寒冽的水流更近一些。岩石河床深陷时,水便静止了,在乳白嫩黄的岩坑中形成一个个碧绿的深潭。遇到河床岩层断裂错动处,便飞溅起浪花:跌落、翻涌、回旋。秋深了,水位跌落得厉害,露出大片曾被淹在水底的岩层,被水流打磨侵蚀的岩层。水在每一寸岩石上都留下了痕迹。水把一整块一整块粗粝的岩石打磨光滑了,像一块玉，像一面镜子了。同时又马上来破坏它，这里啮出一条缝，那里吭出一个孔，就从这一道裂缝，一眼小孔，把一块巨岩，日夜不停，销磨成砂。就是水这种日积月累，亘古经年的销蚀打磨之功，造成了眼前的幽谷与群峰。造成地球表面最多变最奇异的景观：喀斯特。

我行走在出露的岩石上，看着脚下的柔软的水，捡一粒碎岩，轻捻一下，它就在指尖化成了细砂。

虽然是深秋了，我在岸边岩缝中发现了有植物还在开花。草本的摇着几只蓝铃的是某种沙参。木本的，细密的花蕊聚于嫩枝上的，是某种水柏枝。抬眼几十米，嶙峋的岩缝中长着柏与松，视线再上升两百米，五百米，云雾飘荡的孤峰上斜欹着栎与枫。

这是与米仓山顶截然不同的，各美其美的深峡奇观。

我扮演的是一个游客的角色。本是为观赏红叶而来。却在这山水间领略到一重又一重的惊喜。这些惊喜都是拜多样性所赐。植物的多样性，地质面貌的多样性。一朵花从细部给人欣喜，整片山水从宏观给人震撼。

还在河床上发现了一片满是贝类化石的岩层。应该是几亿年前寒武纪生命大爆发时的物种记录，几亿年前的海洋生命胜景。它附着在更厚实的岩层上，薄薄的一小片，是无生命的岩层中开出的一朵生命之花。在这寂静的幽深山谷中，被风雨不断剥蚀，即将消失殆尽了。

在岩层裸露的河滩上盘桓，水、石、云、树，石头的空间，流水的时间，让人在有感与无感之间。然后，我们被导引去看一座庙。我爱山水人文，独对庙观向来兴趣不大。便独自留在庙外，静观以不同姿态耸立于面前的座座奇峰，与奇峰上棵棵不同姿态的树。是真的美，真的无言，按佛家话讲，那美真在住相与不住相之间。也许这时引用陶潜的诗是合适的："此中有真意，欲辩已忘言。"

后来才意识到，两河口才是此次米仓山之行的真正高潮。

从庙里出来，行几里路，又回到两河口桥头。来了一个人在这里等候我们。来人是南江县文物局长。

他先把我们引到公路路肩上方，在一面壁立的悬崖根部，拨开醉鱼草灌丛的遮掩，看见了岩石上方形的石孔。石孔不止一个，而是一列，均匀地间隔着在近乎垂直的岩壁上斜升向上。有些石孔中还残留着已经炭化的木头残迹。不用提点，马上就反应过来。古栈道遗迹！从先秦开始，就已贯穿秦岭与巴岭的古栈道！贯穿秦汉、魏晋、隋唐、宋元的古栈道！这些古栈道越秦岭到汉中盆地叫子午，叫傥骆，叫褒斜，叫陈仓，再从汉中盆地越巴岭到四川盆地的古道叫金牛，叫米仓。

毫无心理准备，过去只在古代典籍中相逢的米仓古道遗迹就这样突然出现，赫然在目！米仓浩茫，当底还藏着多少惊喜！真所谓"踏破铁鞋无觅处，得来全不费工夫"！我们所在之处，不止是一片奇山异水，更是通向历史云烟深处的，那条过去只在纸上相逢的米仓古道了。

我现在就置身在真正的米仓古道上！在这里，地质的历史与人文的历史完美叠合！

公元1872年，德国地理学家李希霍芬曾循着秦汉时期即已开辟的古道从古长安出发，翻越秦岭巴山来到四川盆地，留下了观察古栈道遗迹的记录："沿着岩壁的一条道路几乎只能架设在桩柱上，大概能激起马可·波罗的赞叹，因为那时的欧洲看不到这样的工程。"李希霍芬来时，已是中国人精神委顿的时代，"巷有千家月，人无万里心"。古代的许多道路，已经湮没于黄沙榛莽，被人遗忘。李希霍芬从黄沙中发现了被中国人遗忘的通向西域的道路，并将其命名为丝绸之路。然后，他南下，发现穿越秦岭巴山的汉唐大道："这是一段古时候就有的道路，2.5米至3米宽，建成阶梯，围着护栏。"在某些特别的时空，历史会显得特别地意味深长。站在米仓古道的某一节点上，想起李希霍芬的发现与描述，更想起，在公元前一百多年，凿通西域的张骞，出生地就在米仓山北边。由李希霍芬想到张骞，正是在云水苍茫的米仓南边的群峰深谷中间。

来不及展开思绪，令人兴奋惊异的发现还在继续。

还是被主人引导，循栈道的遗迹下到河床。就在那道水泥公路桥的上方几米远的河道上，在那条北来的叫作寒（韩）溪的河上。被水冲刷出岩石层次分明的河床上，连接着从岩壁下来的栈道，两列规整的石孔，等距离伸向河心，河中波浪下，还可见到同样的石孔。这是一座桥的遗迹。文物局长说，把桥孔中残留的碳化木材作碳14测定，这是一座秦汉时代木桥的遗迹。经测算，该桥当时的宽度在三米以上，长度达三十余米，因此可见，这道桥即便是夏天洪水期也可通行车马。在这河上，几十米的范围内，还有数列清晰石孔，那是年代更晚的另外两座古桥的遗迹。这些珍贵的古道遗迹，对普通游客来说，都隐而未显，我们一行也差点忽略过去。后来补看南江县提供的相关材料，当地政府为全面认识挖掘当地旅游资源，数年前就已多方展开资源调查，包括此次我来参加的丛书出版，也是这系统开展的工作之延续与扩展。但这些资源在手，如何全面展示与呈现，还是一个有待深入的充满可能性的巨大课题。

离开古桥遗迹，沿寒（韩）溪上行一段，遇到又一次河流分岔。在这里，我们离开公路，攀石阶到悬崖上去，要去徒步走一段米仓古道。相近的路况，李希霍芬是走过的："道路于是离开了河流，沿着山坡向上蜿蜒……踩着一种因长年使用而被磨得十分光滑的石灰石铺成的阶梯上行，时而一下子就有40阶至50阶，旁边就是陡峭的悬崖……"这些文字，恰是我们正在跋涉的古道写照。除了路口上想象古道行旅的现代雕塑和电视剧里古代军旅的旌旗悬垂路旁。悬崖，悬崖下的碧绿深潭或白浪翻涌的大小跌水，石阶，都还是一千年前，两百年前的气氛与模样。米仓古道和秦岭巴山中的其他古道一样，其实是分两种方式开凿出来的。在岩石上打孔，揳进木桩，其上铺板，称之为栈。《战国策》中就说："度栈千里，通于蜀汉。"这既是一种路的形式，也是一种筑路方法。眼下，我们所走的路，也在悬崖之上，但不是"栈"，而是从石壁上掘出一条路来，当地话中，叫"碥"。李希霍芬也经过了这样的路："大段的路都是在坚硬的角闪石上凿出来的"，这样的开凿之功在古代是非常了不起的，李希霍芬说，"那时又没有火药"。

当然，古人从北方入川，穿越秦巴众山，这样的古道必然频频走过。将军走过，士卒走过，商人走过，盗匪走过，流官走过，诗人也走过。虽然不一定就是米仓，但所经地理，所受苦辛大致都是相同的罢。

杜甫入川，留下实景记录："栈云阑干峻，梯石结构牢。万壑敧疏林，积阴带奔涛。"不就是我们穿行古米仓道中真实的气氛与情景吗？杜甫写此诗，是公元759年冬天。

又过了几十年，公元809年，诗人元稹从长安出发，以监察御史身份到东川巡察，那确实是从米仓道上往返的。他也有诗句留下古道上的风景速写："千峰笋石千株玉，万树松萝万朵银。"那就真是眼前山水的真实写照了。元稹和米仓古道缘分不浅，六年后的815年，他被贬官为通州（即今辖南江之巴中）司马，更深味人生旅途之艰难："物色可怜心莫恨，此行都是独行时。"便已将古道上羁旅漂泊之感，上升为普遍的人生哲理了。

移步换景，云在天上，溪在深涧。在悬于陡峭岩壁间北行数里，溪谷再次分岔，又是一个不叫两河口的两河口，再次在悬崖上见到十余石孔，孔中出露的栈木历历在目，生满青苔。不禁让人张望良久。

从绳桥上越过溪涧，对岸崖脚是一块平地，几株大树笼罩着一座木头房子。一株是结着很多小果的野枣树，另外几株不是枣树，但都亭亭如盖。

新盖的木屋是仿古驿站的意思。旁立一块碑，上书三个醒目大字：截贤驿。截人者谁？萧何。截了哪位贤明？韩信。

这是中国人都烂熟于胸的故事：萧何月下追韩信。当年楚汉相争，刘邦退出关中屯兵汉中，背靠米仓山厉兵秣马，心怀远大。

却未识得前来投奔的韩信之帅才,虽有萧何保荐仍置若罔闻,使得韩信乘夜出走,顺米仓道南下欲回楚地故乡。萧何月下飞奔追寻。接下来就是当地版本的故事,就在此处,就在这道湍急溪流上,恰逢大雨,陡涨的山溪冲毁桥梁,老天要替汉朝留下开国帅才,萧何才在这溪边驿道追上韩信,并在驿站中与韩信作竟夜之谈。结果当然是韩信心中意转,再回汉军大营,刘邦升坛拜将。这样流传千年的故事,就发生在眼下这寂静无人的空幽山谷中,使这米仓古道又增一段生动的历史传奇。

所以眼前这道叫寒溪的流水也叫作韩溪。

临行前一晚,我们宿在另一个镇上,住进新开的精致民宿。独立的木楼一面临水,背后是正在泛出秋色的森林环抱。夕阳西下时,我坐在楼下案前一边弄当地上好红茶,一边翻阅当地文史资料。回想这两天的行程,随手在电脑上敲下一行字:分云拨雾见米仓。这就是记南江之行的文章题目了。

南江之行,本为光雾山红叶而来,南江一县旅游业,也长时间以此为号召。只因每年气候条件不同,红叶显现的时间并不能准确预报。但我不是失望的游客,并不以此为憾。未见红叶,却上了光雾山顶峰,看见了此山独特的植物,和这些植物构成的不同于他处的生态景观。又在光雾山顶发现辽阔浩渺的米仓山脉,由植物群落及于其地质景观。就这样由点及面,就是当下提倡的全域旅游吧。又于米仓山腹地发现古道遗迹,并于古道上追寻体验,由自然地理及于历史人文,这样的道路韩信萧何走过,元稹走过,白居易想象过,就这样由平面及于纵深,就是目下所提倡的文旅融合吧。

此次短暂旅行，所见所感如此丰富，打开地图，发现这两天游览只在南江县北川陕交界处的狭长地带，看案头资料，不论自然景观还是人文遗存，却布满南江全境。这些资源，本都由米仓山，米仓古道所聚合串连。黄昏将临，此行尚未正式结束，就令人于独坐时不断回味。

案上手机，微信提示音响起。是在两河口告别的文物局长发来一组照片。一组佛菩萨造像，由一块独立的巨石雕凿而成。造像广额阔鼻，庄严裸身的是串串璎珞，一眼看去，就是尚存有印度风的隋唐风格。这也是米仓古道上的文化遗存，此行未能触及的米仓风景中的另外一面。

米仓古道，不只是金戈铁马，不只是商旅往来，还有不同文化交互影响，相与往还。

已经在米仓山上和主人约过，暮春夏初，杜鹃鸟啼时，来看杜鹃花开。那就再约一次，看完杜鹃花开，再沿着米仓古道，一个个河流分岔或汇合处，去瞻仰一路上不同时代的摩崖造像。体会如何是佛祖西来意，中国人又如何接纳了佛教东渐。作此想时，便恍然看见，岩上云间，慈悲垂目的佛菩萨像前，随风飘坠，落于溪涧的不是莲花，而是片片杜鹃花瓣。

去有风的旷野

To the windy wilderness

稻城亚丁行记

一　海子山古冰帽

这是一片使我深感震撼的荒野。

天空低垂，地面粗犷起伏，无尽蔓延。置身其中，任何一个方向上，都卧满了花岗岩巨石。无以名状，只能形容成一群群史前巨兽。正午时分，蓝空深沉，天光降落，大地无声，岩石中夹杂的石英晶体和云母碎片反射明亮光芒，仿佛是石头们在低声交流，用一种神秘语言。石头巨兽们用几十万年、几百万年前洪荒时代生成的矿物嗓音说话。

这些石头，上千万年前，还是地下深处炽烈的岩浆，是它们向上奔突的力量使青藏高原隆起。只是它们还未突破地表，便耗尽了能量，冷凝为坚硬的物质。又过了多少万年，才裸露在了地球的表面，阅尽了地质史上的沧海桑田。今天是公元2023年8月8日12点，我弃了车，离开连接稻城县和理塘县的公路，进入这片粗粝的荒野，为了感受远超人类史的浩远时间。

才几分钟，公路就从背后消失了，人的世界就消失了。只看见这些裸露于天地之间的古老岩石，倾听它们，抚摸它们风化的表面，观察它们表面斑驳的藻类与苔藓。巨石之间，是风、雨和雪剥蚀下来的细砂与泥土。泥砂中生出浅草与灌丛。杜鹃花期已过。浅草地上，星星点点，开着颜色明亮的小花。黄色系是委陵菜属，毛茛属，垂头菊属。蓝色系是银莲花属和龙胆属。当然还有这个高度上必不可少的红景天。这些花，在百万岁级的石头面前，短暂开放，只在十天半月之间。一棵孤独的红景天，一茎老枝，顶上攒聚几朵红色小花，根却粗大，深扎在一道岩石缝隙中。它置身在岩缝中，顽强生长起码已经十好几年了。石头的生命也不是永恒的，但其经历的时间之长久，会让人将其视为永恒。而一株草从萌发到枯萎，一朵花从绽放到凋零，也就是一年四季，让人深悟生命的美丽与短暂。

其实，我来此并不为作这种简单的对比与体认，而荒野就具有如此魔幻的力量，召唤你进入，进入伟大的寂静与洪荒。

此时，载我来的那架飞机，从附近的机场腾空而起，掠过我头顶，径直东去，飞往早上它载我西飞的出发地——成都平原。而我要留在这里几天时间。望着金属飞行器从海拔4400米的稻城机场腾空而起，望着它在蓝空中拉出长长的雾带，消失在天际线上。发动机的轰鸣声也渐渐消失。

我穿行到一片洼地，中央一个安静湖泊。湖泊不断变幻颜色。阳光不强烈时，它是深碧的，如一枚蓝宝石。当它辉映阳光，就变成一枚光焰夺目的钻石了。当我走到曲折的岸线上，光学效应消失了，湖水变回了水本身的颜色。空明无色。色即是空，空亦是色。我看见湖水中铺展的杉叶藻，蛙泳的蟾蜍，半陷于泥沼的巨石。沿岸线行走，沼地松软，脚下不时微微塌陷。脚陷进去，泥水泛上来，发出咕咕声响。沼地中出现了高大的植物：茎干挺拔,叶片肥大,开着硕大黄色花朵的,高齐我胸部的水黄。更多的花平铺在水边:白色的灯芯草,紫色的柳叶菜,构成一条环湖的沼泽生物带。

离开这个湖,穿过一些巨石阵,是又一个洼地,又一个湖。

我置身于这片高地中间,视野有限。如果更换一个视角,比如从飞机上俯瞰,情形就大不一样了。这一回,我是第五次飞来这片魔幻高地。只有这一回,天气不好,舷窗外云雾弥漫,其他几次飞临时天朗气清,有十几分钟时间用来俯瞰。机翼下,铺展开的是上百平方公里的广阔。大小湖泊如散布天空的星星,闪闪发光。衬着湖泊与巨石的是无边草甸。荒凉,寂静,有飞鸟,有走兽,却了无人迹。高地西北边缘,逶迤着一列山脉。山脊薄如刀刃,峰顶尖利如矛。这是典型的冰川地貌,前者叫刃脊,后者叫角峰。旷野上的巨石原来也在高处,只是它们早就在第四纪冰川的重压下破碎,脱离了山体,并被冰川裹挟,四散分离。

那些巨石,在水中的,轮廓圆润;不在水中的,也不像在山上时那样棱角锋利。它们真是被打磨过了,在水的另一种形态——厚厚的冰川中,在地质史上称为第四纪冰期的数十万年数百万年里,被日复一日地打磨过了。在此之前,它们在造山运动中隆起,身处高峭雄伟的山峰上,或者本身就是山峰。但冰川来了,厚达几公里的冰川以肉眼不可见的速度缓缓流淌,裹挟着这些岩石一起流动,翻动它们沉重的身躯,打磨它们锋利的棱角。直到一万多年或两万年前,地球变暖回春,冰川化为流水,再也带不动这些庞然大物,便将它们遗留在了这片荒原,成为古代冰川存在过的证据,名叫冰川漂砾。是的,眼前这一切地貌,都是冰川所造就。那些星罗棋布的湖泊存身的洼地，也是冰川依靠自身重力挖掘出来的。

这片充满久远时间气息的荒野，是四川省级的自然保护区。所保护的就是这片古冰川遗迹，总面积3287平方公里。在地理学上，如此高如此广阔的冰川就不叫冰川了，而叫冰帽。在最高处给陆地戴上一顶厚重的冰雪巨冠。这片高地海拔在4300米以上，总共有1145个湖泊。四川话中，高原湖都叫海子，高地因此得名海子山。我在十二年间五次来到这里。每一次到达，目的地不是南边的稻城县，就是西北方的理城县，但不管要去哪里，都要先在这里盘桓流连。

这回，是到稻城县公干。下飞机已是上午十一点多，直接驱车去古冰帽遗迹。

从那些海子和巨石阵中出来，已是下午一点多了。

公路边，傍着那些杜鹃丛，坐在草地上，喝水，吃点干粮。接我的朋友说，这里有新去处，你肯定会感兴趣，休息一阵，我们再去参观。

我晓得中国科学院在这里建了一个天文观测站，因为这里的海拔高度，和通透干净的大气层。天文观测站，不就是体量巨大朝向天空的天文望远镜吗？当我们抵达时，眼前所见却完全颠覆了我的想象。

进大门，顺铁梯登上瞭望台。天阴了，台上冷风刺骨，远古冰川深掘出的一个巨大洼地，冰川漂砾都被搬走了。代之而起的一座座地堡状隆起的土堆，以同样的间距整齐排列，环绕着洼地中央一座四方形的巨大平顶建筑。我问了驻站科学家一个天真的问题：这怎么能看见星星？科学家告诉我，这座前沿尖端的宇宙线观测站捕捉的是来自宇宙深处的射线与粒子，并探测它们的来源。这些地堡样的建筑一共有5216座，每一座都是一台电磁粒子探测器。另外还有1188个缪子探测器。而中央那座四方建筑占地78000平方米，也是一种阵列探测器，名字叫作水切伦科夫，所要探测与捕捉的是"宇宙中最微弱的光"。

科学家努力为我普及最新的天体物理学，但我这个不容易在高海拔地带缺氧的人，脑子却如缺氧一般云里雾里。

从瞭望台下来，风小了，身上暖和许多。

走近一座地堡状探测器。覆盖其上的土层已经长满青草，无可救药地，我先去看上面的草本植物。菊科的紫菀正在开花。还有可以提取芳香油的丛丛甘松。它们的花朵有相近的颜色。甘松，紫，略微偏红。紫菀则是，紫，略微偏蓝。科学家说，颜色其实也是一种光。

话题从野花回到宇宙射线。射线也可以理解为一种光，却是肉眼看不见的光。科学家的表述变了，他说：射线也是一种基本粒子，是粒子束或光子束流。我说，哦，那么缪子是其中的一种？蒙对了一次。但科学家的新表述又来了："作为太阳系以外唯一的物质样本，宇宙线及其起源是人类探索宇宙及其演化的重要途径。"

我的思维无法再抽象下去了，便问探测器不是要"看见"吗，为什么又要深埋在地底下？答：粒子很高能，它们能穿透土层，而别的物质不能。探测器不只是表面覆盖土层，里面还有很多水，要捕捉的粒子能穿过水，而无须观测的东西因此被隔绝在外。

稻城亚丁行记

懂了？

好像……是有点……懂了。

又去那座巨大的中央建筑，叫水切伦科夫探测器。只能在入口一间狭小的房间稍稍驻足，建筑的内部不能进入。那其实是一座高于地面的、建在房子里的巨大水库，目的当然是过滤……捕捉……某种粒子，或宇宙线。

离开的时候，科学家的解说才进入叙事部分。

宇宙线由奥地利科学家赫斯于1912年首次发现。此后一百多年间，有关宇宙线的研究已经产生了数个诺贝尔奖，但人类还没有解开宇宙线的起源之谜。这使得宇宙线起源成为物理学、天文学、宇宙线学共同关注的前沿科学命题。总而言之，这个高海拔的观测站，是目前全世界最先进的，是这个领域的前沿制高点。

告别，渐行渐远；回望，这数千个地堡状的探测器最终和旷野上满布的冰川漂砾融为一体。

车驶下高地，进入峡谷。越往低处，峡谷越发宽阔平缓，地理学上叫作U形谷，也是远古缓缓流淌的、厚达数公里的巨型冰川开凿出来的。海拔降低，植物增多。常绿的大叶杜鹃出现，高山柳出现，花楸出现，喜欢攀缘的开着黄花的甘青铁线莲出现。海拔再低三四百米，高挺的针叶乔木出现：柏、冷杉、云杉。将到峡谷底部，阔叶乔木出现，是白桦和青杨。白桦树覆盖山坡，一列列青杨站在路旁村前。分布更广的阔叶树是壳斗科的栎属植物，它们颜色深重沉郁，成片地覆盖了一面面向阳的山坡。在海拔三千多米的高度上，栎属植物成为了优势种群，高大的是川滇高山栎，低矮成丛的是灰背栎。

不同的植物在不同的高度上，或者说，不同的地理高度上生长出不同的植物种群，叫垂直分布。这种规律性的认识，是一个叫洪堡的地理学家和植物学家总结出来的。两百多年前，他漫游世界，直达世界尽头的南美大陆。他注意到了一种普遍的现象，在同一纬度上，海拔每上升100米，气温下降0.6℃。在此情形下，不同的植物因不同的气温条件，生长在不同的海拔高度上。达尔文在这个基础上再进一步，揭示出那是因为不同的自然条件驱使植物（当然也包括动物）发生了适应性进化。达尔文说，要不是受洪堡的启发，他不会登上"小猎犬"号去探索陌生世界，当然也就不会写出《物种起源》。

是的，这些伟大的人物教给了我们观察大地、观察自然的基本方法。

二 皮 洛

下到峡谷底部了。

栎树林一直从山坡上铺陈下来，在水草丰盛的谷地前停止蔓延。

越靠近稻城县城，谷地越宽阔平坦，河流蜿蜒，一个个分布在河岸阶地上的村子，都有一片片青稞地围绕。一座座石头建筑和整个大地浑然一体，无论是色彩还是质地。

山前，河边，一片片湿地草甸上鲜花盛开。

我想停车进入这个野花世界，又怕耽误朋友太多时间。何况，这时已经下午三点多，肚子很饿。此时正是横断山区的蘑菇季，想起那些野生蘑菇的香气与口感，最终还是吃饭的欲望压倒了观花的冲动。何况，此一回稻城之行，为的是另外两件事情，饭后就得去做第一件事了。

进县城，直奔餐馆。进店就闻到了野生蘑菇的强烈香气。

特意弯到厨房，看到柳条筐里的野生蘑菇：牛肝菌、虎掌菌、青冈菌。它们应该是早上才从树林里采摘来的，一朵朵躺在来自同一片森林的松软苔藓中，除了自身的香气，同时还散发着森林潮湿而新鲜的气息。而在案板上，厨师刀下，它们一片片现出了好看的内部肉质：白色的、深褐的、紫红的；现出了菌伞下肉感十足的整齐褶子。只有虎掌菌伞下，不是列列纵向的褶子，而是丛生的绒毛，极像当地人称为獐子的林麝身上的密生刚毛，所以在当地话中就叫獐子菌。

一支烟的工夫，菌子就一盘盘上桌了。

青冈菌脆爽，虎掌菌软滑，牛肝菌吸饱了肉汁，香气浓郁。被这几种菌子香气充满时，我感觉自己变成了一棵树。继续上路时，饱胀感让人昏昏欲睡。车窗外晃过一株株挺拔的青杨，我就觉得自己变成了一株树。恍恍惚惚地想，吃蔬菜让人觉得自己是一个人，吃肉觉得自己成了某种凶猛动物。吃饱了蘑菇，我觉得自己变成了一棵树。我不知道为什么会有这样的感觉，但我确实觉得自己成了一棵香气充满的树。而在树下，一场细雨后，拱破泥土，生出了那么多的蘑菇。

可以确定的是，视野里确实有树，而且真有一场雨降下来，模糊了视野里的棵棵树影。

这雨也就下了十来分钟吧。雨停时，我清醒过来。车离开了柏油路面的省道，上了水泥路面的村道，然后，又上了雨后积着一个个水洼的土路，最后，在一片开阔的草地上停下。

这是一个典型的河岸阶地。多少个万年里，冰川开掘出大致的地形，再交给不眠不休的河流精雕细刻，以淤积和深切之功造就了这个肥沃宽谷。河流原来在这里，造成了这片平坦后，又深切下去，制造出下一级平坦阶地。

从前年起，几次起意要来此地。今天，终于来了。此行要做的第一件事——到考古现场参观学习。

2021年9月，国家文物局正式对外宣布，在四川稻城县皮洛发现面积约一百万平方米的旧石器遗址。眼下，我们就在高出河谷数百米的平坦阶地上的皮洛遗址。皮洛是阶地上这个半农半牧村庄的名字。运气不错，遇到考古队正在准备进行新一轮发掘。领队是四川文物考古研究院的郑喆轩，我在查阅有关皮洛遗址的资料时已经看到过他的名字。

本想说个与我熟悉的他的同事的名字，以求得他介绍时有足够耐心。但完全没有这个必要，他非常热情。我们进到防雨棚下的发掘现场，那是一个几十米见方的深坑，北向的那方剖面上，是厚薄不同、颜色也深浅不一的累积的黄土，层次清晰。剖面一共十层。堆叠的是漫长岁月。郑喆轩说，这十层剖面，是二十多万年时间沉积。他让我注意最底下两层泥土里夹杂的砂石，这说明，当时这个地层还是河边的滩地，河水还流淌在这个高度上，现在已经与深切的河流有数百米高差了。县城和周边的村庄就在眼底，平展在河流造成的下一个宽阔阶地上。郑喆轩说，这最下两层，挖掘到了不少粗放的旧石器。这就把人类在青藏高原活动的时间，上溯到了二十多万年前。而在此前，有考古证据支持的，人类在青藏高原的活动时间是两万年左右。难怪媒体报道这个发现时，用了"石破天惊"这样的字眼。再往上，堆积层变成了细密的黄土。下层的土，是河流淤积而成；上层的土，则是河流下切后，成年累月的风从远处带来。风受到阶地后山脉的阻挡，尘土沉落累积，每一地层的形成都经过数万年时光。地层所以颜色深浅不一，厚薄不同，反映的是气候在干湿和冷热之间的周期性变化。考古队在每一个地层中，都发现了数量惊人的石器。最上一层，已抵近到两三万年前了。

郑喆轩说，2019年，他率队在川西高原开展旧石器时代考古专项调查工作，于2020年5月发现皮洛遗址。当时，他们在地表踏勘时，就在这里，很小一块地面上，一下子发现了数十枚石器。他当即就下令停止采集。这片开阔的阶地，在考古学家眼中，正是适于古人类居留生存的地方。他们必须取得更多关于地表的完整信息，弄清楚这些石器与地层的关系，才能开始系统采集。采集深入地下，就需要开掘之功了。开掘一层，又开掘一层。两年多了，一层又一层，石器不断出土，诱使他们一直向下，直到时间深处。目前，新一季的发掘工作准备就绪，即将开始。

我注视那些地层的时候，高原上常有的阵雨再次飒然而至。雨水敲打着玻纤瓦顶，远处的山脉却阳光明亮。

我提出问题：这些累积的地层中，制造石器的是不是同一群人？

不是，远古人类在广阔的世界里来来去去，活动范围远超于我们今天的想象。

去有风的旷野

他们从哪里来？

从北边来，从东边来，也从南边来，并发生广泛的交互影响。这种文化影响，在此地发现的石器类型与制作方式上便可以看见。

可是，还没看见石器。

我们下山。县博物馆腾出了专门的房间，供考古队保管并陈列部分石器。在这个空间中，包裹编号置于架上的不算，一条宽大的长案上，有序地摆放了数百件石器，大的，小的。粗放的，仅仅是打砸而成；精致的，明显经过了精雕细斫，耐心打磨。每一件石器，考古学家都有许多话说——用什么方法打造，这种打造方法中有来自其他地方的什么影响。有如此专业的讲解，要是再不能有所理解，那听众就太愚笨了。

我注意到其中几件石质坚硬且形制精美的石斧。

我被告知，这是皮洛石器中的精品，名叫阿舍利手斧。

阿舍利，法国的一个地名。1859年，这种石斧在法国亚眠的阿舍利遗址被首次发现。阿舍利手斧是史前时代第一种两面打制、加工精细的标准化重型工具，代表了古人类进化到直立人时期石器加工制作的最高技术水平。此前，学术界就东亚地区是否存在阿舍利技术争论不休。比较有代表性的观点，由美国考古学家莫维斯提出，他认为：西欧、非洲、西亚与南亚次大陆上的旧石器时代遗址均有这类手斧发现，而东亚、东南亚、西伯利亚等地未有发现。以此为据，他在欧亚大陆及非洲之间划出了一条"莫维斯线"，分出两个旧石器时代的文化圈。莫维斯线以西为"手斧文化圈"，莫维斯线以东为"砍砸器文化圈"。随着中国考古工作的不断推进，在中国长白山、百色等地相继发现了大量手斧，但其

稻城亚丁行记

制作工艺尚未达到经典的阿舍利标准。近几年在洛南地区发现的手斧组合符合西方阿舍利早期的一些技术特点，但手斧加工不够薄、不够对称，因而被部分外国学者认为不够典型。而此次皮洛遗址发现的这类薄刃手斧，不仅是目前世界上海拔最高的阿舍利技术遗存，也是东亚地区形态最典型、制作最精美、技术最成熟、组合最完备的阿舍利组合，为长达半个多世纪的莫维斯线论争画下了休止符。

郑喆轩告诉我："虽然我们目前还无法得知，这些石斧是同一批先民不断技术革新的结果，还是带着新技术的族群迁入所带来，但至少有一点是毋庸置疑的，高海拔的极端环境，并没有阻止人类文明火种的蔓延。"

回成都不几天，遇到四川考古研究院唐飞院长，自然就谈起了皮洛的阿舍利手斧。他进一步指点迷津，说阿舍利手斧所刻意追求的对称性，不但体现古人类工具制作水平，更证明了古人类最初的审美认知与追求。

半天时间，看了冰川塑造的雄伟高地，又看了穿越二十多万年时光而来的众多旧石器，我心满意足地离开，去往一百多公里外的香格里拉镇。行程将近一半，公路盘旋着上升，车上山梁，回望时，稻城谷地已经消失不见。山梁的南面，峡谷深切，河水湍急。每当深谷中有一块稍宽的平地，就有庄稼地出现，就有一个村落出现。一座座石头建筑前后，都栽种了果树。梨、核桃、李，还有地头立着的一株株树形浑圆的野海棠，使得这些石头建筑的村庄与四野和谐连体。在一个村前，我们停车，过桥，去往对岸，为了桥那头两株巨大的老核桃树。核桃树后面，背靠人家的石墙，还有一株颇有年岁的李树，老干虬曲，仍然枝繁叶茂。三株老树合围出一片沁人的阴凉，树荫下置了石桌石凳，还有一条小溪在旁边潺潺流淌。好一个滤尽尘嚣的清凉世界。我们披覆着树荫闲坐，听溪声叮咚。闻讯而来的村镇干部要我为此处起个名字，一时间哪里想得出来。临行，一阵轻风起来，古树上每一片叶子都叨叨絮絮，有意无意，若在念诵。一个名字从脑子里冒了出来：娑婆荫深。又想那"荫"字太过写实，该换成"音"字。但要哪个字，任他们自选。当地佛教文化气氛浓厚，他们选了"音"字。好嘛，桥头村前，三株老树——两株核桃、一株李树围出的那片阴凉，将来就要叫"娑婆音深"了。

　　黄昏时分，到达香格里拉镇。此地几年前还是一个乡，名叫日瓦，因发展旅游业，更名为香格里拉。第一次来时，旅游小镇就已颇具规模。如今镇子建筑又多了一倍不止。入住一个新开的五星酒店，想起当年住过两回的酒店叫作贡嘎日松贡布。这也是明天我们将要进入的那片壮丽山地的名字，意译成汉语是三座护法神雪山。神山要明天才能去，今晚且去品尝当地美食。被引去一户当地人家，奶酪、野菜、藏香猪肉，当然，还有新鲜蘑菇，普通的烧了汤。还有包子，松茸作馅，鲜美异常。怕压了这鲜美，饱了，才开始饮酒，才鼓腹而歌。第一回听到用若干心咒连缀而成的歌唱。在佛教众神中，有观世音等八大菩萨，每一尊菩萨对世界对众生各用本心发愿，每一尊菩萨各自的心咒，其中蕴集的是其宏大愿力。信众观想某菩萨，便念诵其心咒，等于是某种隐秘呼号，祈请本尊佑护加持。我没有想到，善于歌唱的当地朋友们，把在此地化身为三座雪山的三位菩萨的心咒，连缀起来，变成了如此美妙的歌唱。男中音唱出来，深沉，诚挚；女高音唱出来，是高拔纯净的虔诚。我站在窗前，望着小镇璀璨的灯火，灯火幻化迷离，是我眼中盈出了泪水。

三　贡嘎日松贡布

第二天，上午九点，我们已经过了仁村和红叶儿村，翻过了香格里拉镇背靠的牛郎山，瞭望亚丁景区的三座雪山。眼前最近的那一座，是仙乃日（观世音菩萨），山顶皑皑白雪偶尔从云缝中露出一点，都是峭壁与冰雪。山麓暗沉的针叶林上雾气翻腾，还望得见半山上的亚丁村和峡谷入口。之后的一切，都在迷离的云雾深处。另外两座雪山，夏洛多吉（金刚手菩萨）和央迈勇（文殊菩萨），都隐身不现。当地人认为，这片大地由三座菩萨化身的雪山护卫，因此叫作贡嘎日松贡布。藏语，贡嘎是雪山，日松是三，贡布是护法神。意译是三怙主雪山。

过亚丁村也没停留，直下峡谷底部，仙乃日脚下。雾气更深了，周围立着许多胸径粗大的云杉，森林中的巨人。它们树干通直，上半身直探入云雾中去了。峡谷底部或者说入口处，树木都很高大，不独是和云杉生长在一起的冷杉和铁杉，高山栎和柏树也枝干粗壮，其间雾气缭绕。雨下起来了，但密集的枝叶遮住了淅沥的雨水。就这样，穿过葳郁森林，向上方的峡谷进发了。在视线极差的情形下，我在林中发现了植株与小花都呈淡绿色的某种高山兰。和周围的巨树比起来，这种兰花实在是太小了，才四五厘米的高度。它基生两匹对称的肥厚叶片，茎上开出五六枝雅致花朵。凭那两片基生叶,可以认定是兰科中的玉凤花属。种名呢?后来查阅资料,才晓得叫落地金钱。这名字不是得自于花,而是因为叶片有点如铜钱状。

不多时,出了黑森林,小雨飘洒,溪流丰盈,淹没了一些草地、一些红柳丛,经过一些湿漉漉的柳树、一些被雨水敲打着叶片的忍冬树。粉色的报春和黄色的毛茛抱团开放,柳树下,还有颜色沉着的蘑菇。我想起了一个来横断山中采集动植物标本与种子的外国人,名叫约瑟夫·F.洛克。他于1928年来到这里。不止一次,连绵的雨水令他恼火,使他不能看见著名的三怙主雪山,不能冲洗胶卷,令他采集的标本腐烂。现在我却愿意被雨水小湿,浸入衣服的不只是雨水,还有丰盛草木冷凉的芬芳。空气清凉,路不断上升,一些植物消失,一些新的植物出现。小叶密集的雪层杜鹃出现,伏地柏和高山绣线菊出现。从峡口到这里,海拔至少上升了三四百米。我这是第三次来到亚丁,知道此时已经身在夏洛多吉雪峰下了。前两次来都是晴天,这回,雪山张开雨帘雾帷,隐身不现。路旁出现了一块标志牌,说明这个稍微突出的河岸,是洛克当年拍摄夏洛多吉的地方。我在美国的图书馆里,在当年的《国家地理》杂志上看到过那张照片。

夏洛多吉海拔高度5958米,和周围的群峰诞生于三百万年前后。但直到差不多一百年前,才被人,也就是洛克拍下第一张照片。现如今,此地已开发为5A级景区,每天都有成千上万游客拍下不知多少张照片,并被他们用手机在网络上随时发布。在美国的图书馆,我还从杂志上抄录了洛克的文字,请人译出大概的意思。他在雨天之后遇到了天气转晴:"夜幕降临到我们的高山营地。坐在帐篷前,面对着被贡嘎岭人称为夏洛多吉的宏伟山峰。不久,云层移动,显露出壮观的雷霆之架——像一座被切去顶端的金字塔,在像某种巨型蝙蝠翅膀的云层之下。巨大山体上悬挂的冰川一直延伸到山脚,在那里形成宏大的像圆形露天剧场的冰碛垅。贡嘎岭人把这道冰川称为贡嘎降色,意思是龙的长鼻子。"

亚丁这片以三怙主雪山为中心的山地,过去称为贡嘎岭。

新冠疫情第一年的尾声,和几个朋友来这里跨年,旧年尾最后一天,新年的元旦一天,我们都在这里度过。严冬季节,万里无云,阳光灿烂。我就站在这里,久久观望深沉蓝空下的夏洛多吉雪山,久久凝望它悬垂的冰川和雄伟的悬崖。山峰还是像洛克当年看见的那样,是冰雪厚积的金字塔状,而冰川却后退了很多。冰川退去的部分,显露出银灰色金属质感的悬崖和风化破碎的岩石一泻而下的流石滩。

现在,雨一直在下,我们在洛克曾经架起三脚架、按下快门的地方稍事休息。当年,在这里扎营的洛克一定会采集新奇的植物,趁天气转晴制作标本。他在这里采集了什么植物?一片翠雀属植物,高擎着蓝色花朵。我猜他会采集它们。因为,这种翠雀的长距,不像别的同属植物都直挺着向后伸展,而是向内弯曲。我认识好几种翠雀,它们都是直距的。这回是第一次见到这样一种,长距卷曲,使得花朵失去了状如飞燕的姿态。洛克想必会将其当成一个新种来采集。其他植物,都是横断山中广布的品种,红色的管花马先蒿,围绕着每一个小水洼。这个太常见了。菱软紫菀、钝裂银莲花,更加常见。管钟党参,不如脉花党参那么普遍,他或许也会采集吧。

继续跋涉,到了峡谷最宽阔处。河在这里转了一个大弯,造成了大片湿地草甸。已经是4100多米的海拔了。雨渐渐小了。继续向峡谷尾部的央迈勇雪山靠近。

在这里,第一次观察到银露梅花有第二种开法。

银露梅通常长在向阳地方,瘦硬的枝头上五片白色花瓣都尽情向着天空张开,尽情迎接阳光的温暖。这和西边上千里地、北方上千里高原上那些银露梅都是一样的。

但在这里,一片长满落叶松和杜鹃树的阴坡上,我看见银露梅长在林荫中,一朵朵纯净的白花,五片花瓣半开半合,悬垂向下,如浅钟状。本来,这是高海拔地区的开花植物常常采用的一种策略,花朵下垂,花瓣闭合或半闭合,为的是护住雄蕊与雌蕊,不被冻伤。如龙胆科龙胆属的好多种,都昼开夜合,晴开阴合。但这一现象在银露梅身上,却从未见过。道理也很简单,阴坡上浓重的树荫里,它很难见到阳光。难道是一个新种,还是一个新的变种?洛克的文章中没有提到过这一现象。峡谷开阔,我们走的不是同一条路线,他因此没有遇见它们。

又行一里多地,峡谷猛然收缩,面前陡起一面崖壁,悬垂一条瀑布,轰然而下。崖上长满柏树、花楸和杜鹃。从栈道攀援而上,见到崖缝中花色洁白的樱草杜鹃,还有报春。洛克有过记录:"报春花的根部植入石头的裂缝中,花叶细小,颇具光泽。它们几乎全被隐藏在灿烂的深红色的花朵之中。其他的垫状植物争奇斗艳,比如,深蓝色的勿忘草。"

崖顶上是一面平湖,叫作卓玛拉措。恰在这时,雨停了,湖面上被雨水激起的波纹渐渐静止，天上却云海翻腾。云隙间不时漏下一柱灿烂阳光，探照灯一般，照亮湖泊尽头央迈勇雪山的某一个局部：下部银灰色的悬崖，中部幽蓝的冰川，或是冰斗中的积雪。游客们惊喜欢呼：神山要现身了！我知道不会。雨后群山，太阳出来，水汽强烈蒸发，待会儿谷中就会布满更浓重的云雾。

连续攀爬了四个多小时，下山就不再步行。观光车载我们回到峡口。身后的峡谷中，云雾翻腾。我们头顶却云开雾散，沐浴着强烈阳光，身上的湿气迅速蒸发。云杉林错落的树隙间，隐约看见央迈勇雪山的顶峰。视线顺着森林下行，我看见了冲古寺的金顶。我们去往寺院。洛克当年曾在寺中驻足，是一个大雨倾盆的夜晚。如今，寺院经过了扩建，主体建筑高大，殿顶金光闪耀。我们去往旁边一座基本废弃的小楼。"冲古贡巴，一座小而破旧的寺院。"这是当年洛克看到的冲古寺。贡巴，藏语，意思就是寺院。洛克写道："爬上陡直的楼梯，我被带到左边，进入到一个房间。在世界的那个部分，这是寺院能够提供的最好的房间了。它很明显是活佛的居室。天花板和墙壁都绘有图案。房子上端有法座和床，墙上挂着唐卡，画的是黄教的创始人宗喀巴。一道门通向一个私人小经堂，里面摆放着佛教的守护精灵。楼下的刺柏香烟味从那没有玻璃没有窗户纸的窗户渗进来，从地板的裂缝和缺口渗进来。"

这座小楼无人居住已经很久了。墙壁上彩画剥落，板壁朽坏，门框歪斜。楼下正在施工，意在建立一个小型的纪念馆，陈列洛克采集过的当地动植物标本，和他当年拍摄的照片。楼上房间也将恢复原貌，以纪念亚丁首次被世界发现。

这天的最后一站，在冲古寺对面山腰上的亚丁村。旅游业方兴未艾，亚丁村正在大兴土木。村庄里古老的石头建筑保持外观不变，内部都在改造，通水布电，装修为高标准民宿。这既适应旅游业快速发展，也是乡村振兴的富民举措。亚丁村位置得天独厚，从牛郎山腰面向着仙乃日、夏洛多吉和央迈勇三座雪山，面向宽阔峡谷与万顷林海。我被引去一座体量不小的现代建筑，外面一道宽阔走廊正好眺望壮阔美景。这是正在装修中的博物馆。也是我此行要做的第二件事情——为即将开放的博物馆撰写序言。

我们在开阔的平台上展开详尽的规划图。

稻城县、香格里拉镇、亚丁村，以总称贡嘎日松贡布的三怙主雪山，以良好的自然生态和当地康巴藏民犹如世外的人间生活，被当下世界的人们，认为是本在天国却降临尘世的香格里拉。这座博物馆所要呈现的正是构成这非凡美丽的自然与人文要素。设计者的高明之处在于，将其与世界不同文化中关于人间净土的想象联接起来。是桃花源，也是伊甸园。

谈完正事，大家在一家民宿喝茶休息。我发现房屋的后门直通田野，青稞地被微风吹动，绿浪翻拂。我悄然起身走向田野。平整的青稞地一方连着一方，一直延伸到远处的山脚。田野四周，连绵着齐腰高的木栅栏。顺着蜿蜒的栅栏，我走过一片片低垂着饱满穗子的青稞地。再过一个月，当这些青稞熟黄，被阳光染成一片金色时，乡亲们就要开镰收割了。少年时代，我也为收割这样的庄稼挥舞过镰刀，伸手拂过一个个青稞穗子，让带刺的麦芒划过手掌。微风起时，麦芒上光芒闪烁，仿佛大地在曼声歌唱。这让我想起昨晚当地朋友们用观世音、文殊和金刚手三位菩萨心咒连缀而成的真挚歌唱。

走到田野尽头一株巨大的老柏树前,正望见夕阳衔山。慈悲的仙乃日和勇敢的夏洛多吉,两座雪山出现在我面前,代表智慧的央迈勇深藏在峡谷大转弯的后面,云彩被夕阳照耀得闪闪发光。我眼中,突然有泪水盈眶。

当夜,在香格里拉镇上的酒店,听着窗外喧腾的水声,我为博物馆写下这些文字:

"稻城亚丁,三座瑰丽雪山,在以千万年计的地质史上,随青藏高原抬升,早已雄峙此地,等待人类出现。皮洛旧石器时代遗址的发现,把人类出现在这片土地上的历史提前了至少二十万年。最初的人类如何命名这三座雪山,已不得而知。在这个人类学命名为'民族走廊'的高地上,曾有许多族群,东去西来,南下北上。直至中世纪,藏族人以其信仰的佛教神灵命名了这三座雪山:贡嘎日松贡布。意思是说,三座雪山有凝山聚水、护佑众生的巨大法力。与其说神格化的雪山真有无边法力,不如说是人类将对平安幸福生活的强烈愿望寄托于自然伟力。

"香巴拉,或者叫香格里拉,本是信仰佛教的人,出于对幸福生活的强烈祈愿,而想象出来的人间净土。什么样的力量可以作为构建人间净土的依凭?是央迈勇(文殊菩萨)所代表的智慧,是仙乃日(观音菩萨)所代表的慈悲,是夏洛多吉(金刚手菩萨)所代表的勇敢。这其实都是人未被各种欲望所淹没时的优秀本性。无非是人看到自身生命的脆弱短暂而将这样的本性神格化罢了,无非是人类希望这些优秀本性能传之久远而将其神化罢了。

"揆诸人类历史,不同文化与信仰的人,其实都怀有对人间净土的衷心向往。在东方，未受佛教文化浸染的儒学与道教文化背景下的古代中国，在陶渊明笔下，这种人间理想国叫作桃花源。在西方，天主教文化的构建中，同样的寄寓叫作伊甸园。无论是桃花源、伊甸园，还是香格里拉，人类对理想王国的共同构建都是风景优美，天人合一，初心纯净，一切有情众生，生存状态从容悠然。正因为如此，在今天全世界人民力图互相理解，全世界文化都努力互相融通的背景下，这种构建幸福安宁人间的向往才得以互洽共振。不同文化背景的人们，才从中国各地，世界各地，来追寻这个天人相通，所有生命体和谐共生，犹如世外的地方。来到稻城，来到香格里拉，来到亚丁。

"亚丁，在三座美丽雪山下，这个美丽宁静的村庄，其先民何时来到这里耕作游牧，永久栖居，起始的时间渺不可考，但至少有好几百年以至上千年时间了。这些康巴村民，面对初升太阳，面对三怙主雪山下的蓝月山谷，面对田野、森林与牧场，遗世独立，生生不息。

"这个博物馆的设立，正是为加深人们对这一文化与自然遗产的认知与体验。展陈的设计，除了展示本地自然与人文多样性、独特性，也以一种宽阔的胸襟与眼光，同时呈现了不同文化背景下的人们，对于理想家园的共同期许与向往。

"地球在其演化史上，造就了不同的自然奇观，孕育出不同的生物多样性，但它们仍属于同一个生命共同体；人类生存于不同地域，形成了不同的文化与信仰，生成了不同的生产方式与社会结构，但仍然属于同一个命运共同体。

"是的，人类生活的不同世界原本都属于同一个世界。"

去有风的旷野

To the windy wilderness

再访米仓山三记

十八月潭

去年十月，一访米仓山。半年后，五月春深，再访苍莽米仓。从节令上说，此时已经入夏，但在海拔和纬度都高的川北山区，还是春天将尽未尽的时节。

上午，在秦岭以南的群山中横向移动，自西向东，从古利州青川县往古巴州南江县。中午到达，饭后即往更深的山中，访去秋未到的十八月潭。

山路盘旋，四野静谧。鸟叫声是多的。但古人说过："鸟鸣山更幽。"中国人的心性有这样的审美文化浸染，加上山野中越来越浓重的绿，主观上就有了强烈的静谧之感。

胡桃楸、盐肤木在低处，树树舒枝展叶，在山脚，在溪前。绿光照眼，使得行于山阴道上的人眼睛与心境一并通透。杜甫诗形容这情状只有三个字："俱眼明"。

路盘旋着上升，到山的半坡，洁白花树出现。斜擎着四片花瓣，子房高耸的是山茱萸科的四照花；细碎繁密的小花开得如云如雾的是木犀科的流苏树；还有丛生，与人齐身高的两种荚蒾，和悬钩子属的茂密灌丛。

再翻一道梁，再越一条谷，更多的树，更清的水。

如是循环往复，然后，十八月潭到了。

停车处，见乔木通直参天。一条栈道，把视线引向幽深之处。我被一丛开着细密白花的灌丛吸引，黑果荚蒾正开着细密的洁白小花，大如针眼的小花攒聚成一个个拳头大的花球，香气隐约细微。在参天高树下才行几步，又是一种掌叶的灌丛，开着总状花序的粉红花，是中华绣线梅。总状花序是植物分类学术语，更直观地说就是十数朵小花聚集成穗状，不下垂，顶生枝头。花将开时，一只只呈圆筒状，尾部的三角形萼片纹理清晰；开了，是一朵朵五瓣花，细小，精巧，每一朵的花瓣与花蕊都清晰呈现。

拍完两株花树，才顺栈道步入林中，步入站满高大乔木的一片平坦凹地。依这地势的启发，我预设了将要遭逢潭水的情状。就像阿斯塔菲耶夫的小说《鱼王》中所写的那样：茂密的森林突然消失，在宽阔的谷地中央，树林环绕丰茂草地。草地上有冰川时代遗留下的巨石蒙满苔藓。然后，一口潭，深而静，倒映着树与花，倒映着云影与天光。绕潭而行，再穿过一片深广的杉与松与桦与枫，又一片林中草地，又一口静静的水泊出现。一只白颊水鸟停在岸边。"境绝人不行，潭深鸟空立。"

是"潭"这个字，让人发生清绝幽静的联想。

而十八月潭真正的面貌并不是这样。

林木深处溪水流淌声响起时，脚下的栈道突然转折，改变方向的同时，还由平缓变得陡峭。坚硬的花岗岩层露出，猛然断裂沉陷，面前突然出现一道深渊。天空出现，太阳光涌入，隔着并不宽阔的虚空，隔着深谷看见了对面耸峙参差的峰，和万树丛生的错落山壁。

不想说面临的是一道峡谷，而想说是一个生云起风的绿色深渊。

悄无声息的溪流从幽暗的树林中出来，在光滑的花岗岩壁上陡然明亮，突然加速，随着岩壁更深的陷落腾身变成了一匹白练，一道飞瀑，飞降百余米，跌入一口碧绿的深潭。水往下飞奔，凉风徐徐上来，挟着水汽，拂面而过，让人感到清新舒爽，从皮肤到皮肤里面很深的地方。

凉风起于飞瀑，起于深潭，但不大，习习拂面；悬垂飞溅的水声也不大，没有大声喧哗。这全是因为森林的缘故。俯瞰深渊，石壁，飞泉，碧潭，视线时时被树拦断，那是林海的深渊。大小不一的深绿浅绿，甚至带着绛紫色树冠，如一朵朵云，将浮若动，只浮不动，使得风和水声都变柔和，将险峻的地势变得平和深远。

就着悬泉旁开出的石阶，循级而下。陡峭处，木梯勾连成栈道，身边密布着扎根石缝姿态倾斜的树，枝干通直的树，枝干虬曲的树，枝上飘忽着松萝的树，干上寄生着蕨类的树，枝干斜出在身边可供攀扶的树，还有树冠展开，枝叶交错，将视线中的花岗岩壁、壁上飞泉、壁脚深潭不断遮断，而生出种种动态构图的树。使人如行于古人绘制的山水长卷之中。

不时见到小叶密聚，手腕粗细的黄杨；还有叶似杜鹃而花期未到的山矾。

更大的树是桦，是枫，当然，行于米仓山中，最漂亮的还是丛生水青冈。

看到了树冠开张的杜鹃，那是四川杜鹃，可惜花期已过，树

再访米仓山三记　　　　　　　　　　　　　　　　　　　　　111

下苔藓上正在腐败的密集花瓣还散发着酒酿般的甘甜。

如此下数十米，上百米，两三百米，俯冲的花岗岩造成一个小小的平台，飞流的水平静下来了，化为一口平静的碧绿深潭。潭边有石，石上生树，生苔。栈道上多出一座亭阁，正供游人歇脚。凝视一渊潭水，却听见自己心跳噗噗，感到血脉与气息，周身流转。

眼前有景道不得也。

道不得么，于是想起宋人李孝先一联古诗来："春潭倒影黄昏月，古木喧声白昼风。"

只是要改三个字，"黄昏月"，眼前景是"雨后日"。

此一行，树影错落，水石相映，再加上几朵云带小雨洒然而至，十数分钟后，又见阳光突破云隙，喷薄而出，倏忽间增加了多少光影变幻！

开发此一景区的人给这些飞瀑悬泉和碧潭都各有命名，我向来不肯去记，怕过于具象的命名，影响更阔大的浑茫体验。

小立潭边，几朵云又带了雨来。雨滴落在平静的潭面，飞珠溅玉，不一会儿又复平静。雨来过吗？从花上从叶上不断坠落的水滴在面前，说，来过了。

又一回地理的剧烈跌宕，再随急转陡峭的山势，傍着飞瀑悬泉循级向下。太阳再次钻出云隙，使云水树石再次闪闪发光。地势稍缓处，我停在一块其大如屋，脱离了岩体横卧溪上的花岗岩巨石前。岩石中夹杂的细碎石英颗粒和云母片闪闪发光，那是明净透彻如钻石般的光芒。

巨石旁的树很老，岩石的岁数更老，记得山下的地质博物馆说这些岩石来自震旦纪。那么，它的年纪，这些俯冲而下的岩壁的年纪最少也有五亿年了。在更久远的地质时代，地球深处的岩浆上涌，却未突破地壳成为火山，熔化的岩浆在地下熔合不同成分的物质，渐渐冷凝，就形成了地球岩石圈最坚硬的部分——花岗岩。这些闪烁的石英和云母就是在那个熔铸过程中包藏其中的。然后，它们在多少亿年多少千万年的某次某几次强烈的地质运动中拱出地表，造成了眼前这些高山深谷。又在时间深处，被冰川，被水，被风打磨光滑，成砂成粉，风化为土，养育了草与树，养育了浩莽林海。

所以，我要凝视它，抚摸它。

手抚过巨石看似光滑的表面，指尖上起了砂。坚硬粗粝的砂，从巨石表面脱落，沾在了我的指尖。举在眼前，依然因为多种成分而折射出明暗不同的光；放在舌尖，似乎尝到了一点酸，一点咸。

花岗岩在地球上分布广泛，歌德在另外的时空中凝望过它们，并注意到其"异乎寻常的材质，那富于变化的神奇颗粒"。聂鲁达在南美安第斯山上注视过同样的岩石，观察到同样现象时说，那是"时间之盐"。延伸一下，我想，那也是我们骨骼与精神中的钙，也是四周所有高大树木最基本的养料。现在，我尝到了它的味道。

风和阳光在这块巨岩的上半部，它的底部浸在溪水里。水清无色，颜色来自岩石上生出的幽滑绿苔。

歌德和文艺复兴时期的许多大师们一样，有强烈的博物学兴趣，写过关于岩石的文章：《论花岗岩》。

他说："这种岩石的尊严因许多对其有过细致观察的旅行家而

得到了维护。"

他还说:"每一条通向未知路径的山脉,都在证实一个古老的经验:最高处和最深处都是花岗岩,然后才是其余各种形形色色的岩石。在地球最深的脏腑里,花岗岩不可撼动地安歇着。"

"它早于一切生命,超越一切生命。就在这一瞬间……"是的,我此时面对着这块花岗岩巨石,拈着指尖上从它表面剥落的砂粒——它的基本构成,想起了歌德的话:"就在这一瞬间,地球内部那些吸引着、运动着的力量,似乎直接作用于我,而天空的影响也更近地萦绕着我。"

中国古人所说"思接千载""心骛八荒"也是指同样的境况吧?

从此开始,我的关注点似乎都在岩石形态的变化上面,至于水如何在石壁上飞扑,如何在岩脚下积聚;树如何在石缝中扎根,如何迎风造型,倒有些忽略了。因为这一切,种种奇异景象,根本还是因为岩石基座的形态变化。岩奔而泉飞,岩停而潭深。石有缝而孤树斜出,石化土而杂花生树。

数公里长的山道,岩壁时陡时缓地跌落着,一折,又一折,更像一章又一章循序递进的雄壮交响乐。不是贝多芬们制定了程式的四个乐章,而是连绵不绝的十八个乐章。

陡直时,就张挂了水的白练成为飞瀑与悬泉。这些水流本该发出巨大的喧哗,却被众多幽深如海的树林吸掉了其高音部和中音部,猛厉的奔湍变成了温柔的潺湲。奔涌的岩石歇脚,在一株枫下,在傍着老松的一丛杜鹃下聚为绿潭时,就变成一个寂静无声的世界了。潭水漫溢,无风而有波。古代诗歌写到这样的静潭与飞瀑时，总是要写到猿，写到猿鸣的。"蜀道重来老，巴猿此去闻。"现在，猿是没有了，时不时有一迭声的鸟鸣响起，倒比水声更尖锐响亮。

如此这般，时行时停，看石，看树，看水，看云，十八层飞水飘飏，十八口深潭凝碧，两个多小时，就走过了静在米仓深处的十八月潭。

离开时，在最后一个潭前停留得久些，更多的时间花在了仰望那些悬垂而下的花岗岩壁。安谧而雄伟的岩石，风起时，扬起了岩石表面的水。水飞动，却依然改变不了岩石沉着的雄伟。于是，又想起歌德的话："你们是一座座最古老最可敬的时间之纪念碑。"

这简直就是最贴切的花岗岩石的颂辞。

从山道再下行数十里，宿在一个叫大坝的地方。入席小饮时，见窗外晚霞弥天。山中陡岩不见，悬泉深潭不见，只是满目林海，随着暮色渐深，正在化雾化烟。

杜鹃声中访米仓

大坝，早起，去坝前溪边行走，看水，看溪石上丛生的可爱菖蒲。

早餐后，汽车溯溪而上。数公里后，停在峡中的落叶松林间。登缆车，往米仓山最高峰的香炉峰去。

上升，缆车给人一个俯瞰森林的视角。身下不是一棵一棵的树，而是一片片连绵不绝的苍翠。这回不是站在树下向上仰望，顺着树干仰见茂密的枝叶，和枝叶后的晴空与流云，仰见飞鸟。连绵成林的树都在下方，是体积不一的树冠，一朵朵绿云一般，连绵成海，如将凝玉，似要化烟。"蓝田日暖玉生烟"。凝碧是绿，生烟也是绿；往深里重晕的绿，往浅处轻洇的绿。这些绿，弥散又连接，苍莽无际。还是绿，光映深静无声的绿，风拂波动喧哗的绿。

上升，悬浮在缆车里的人，在树林和蓝空间，仿佛变成一个个细胞，在一瞬之间，如无界的森林，如森林里每一片叶子，充满了盈动的绿。

人的祖先从森林中来，所以，我们总会在返归森林时，身心都充满这种归于生命本源的欣喜。

上升，越过鼓腹的植物丰茂的山腰。

上升，山势变得陡峭，靠近山脊的高度上，植物稀疏些了，岩石出现。

不是坚硬的花岗岩，是层层叠叠的沉积岩，显露出在沧海中水底下沉淀而成的古老年轮，告诉地质史上的种种剧变。告诉人大地隆起时，它们如何扭曲断裂，应力而起的种种细节。这是地球的编年史透露出的部分章节。大美无言，人的生命倏忽短暂，自然存在几近永恒，相对整个宇宙，却也自有起源与终点。用佛家话说，叫一念起，万水千山；一念灭，沧海桑田。

现在，我晓得自己在这缆车车厢里，如在一枚澄明的气泡中间，短暂倏忽，却也意念万千。

突然就听见了杜鹃鸟叫，是四声杜鹃。看不见鸟，但鸣声就起自下方茂盛的榉木中间。四声的鸣叫，三短一长。我不是思乡客,听到这四声,不是游子听到的"不如归去",而是"啼时闻处正春繁"。在我听来,短的三声,是写断崖,是脊线上的孤峰,是危崖上的杜鹃树丛与孤松;一声长,是逶迤的山岭,是宽广幽深的谷地。古人行脚,听见此鸟鸣叫时,往往于孤寂处有悲情生发。李白诗:"一叫一回肠一断,三春三月忆三巴。"更应此时之景的,倒是杜甫写实的描绘:"两边山木合,终日子规啼。"

我听闻杜鹃一迭声地啼唤,心中只有葱茏欣喜。

接近峰脊的地方,缆车到站,留一段山道,让我们去攀爬,去高处,看无限江山。

此时,海拔高度已在两千米以上了。顺山道行,左手边是深谷,一棵棵树斜倚而出,使山谷更显幽深。榉、野樱桃、松、柏,老干都很有阅历的样子;枝叶新发,绿光耀眼,又都显出勃勃生机。右手边裸露出水成的石灰岩和变质岩,层次清晰分明。岩脚向里深凹处,密密地撑着许多筷子粗细的小木棍,并不是试图撑持这些做往外倾塌状的山崖,和崖壁上方的树、草和山,而是常年走山的本地人一个小小的迷信:减压。常年负重而行的山民,相信如此措置后,可以减轻腰背的疲劳与损伤。

杜鹃还在叫,四声杜鹃之外,又加入了三声杜鹃。

路旁崖壁上,泉水渗出,悬空处,滴滴凝聚,清澈透明,正是杜鹃清亮鸣声的真实写照。

水浸润处,有草花开放。

从岩石缝中,伸出一枝两枝粉色报春,花心中有明黄的绣眼。水淌到崖脚,一小片腐殖土中开出几丛玉白的银莲花,更多星星

再访米仓山三记

点点的白，是野草莓开花。我很乐意把这些美丽的小生命指认给同行的朋友。就这样，登上了米仓山参差的脊线。这峰脊去年秋天来过，那时，看的是满山秋色和云海。现在，又一次身在四川和陕西的地理分界线上。我们从南坡上，从四川南江县，到这里，伸一脚，便已是陕西南郑县了，脚下却没有那道心里有的线，树连绵，山连绵，浑茫一片。

当年陆游游宦南郑，再经古驿道入蜀。有诗说："当年蜀道秦关，万里飘然往还。酒病曾留西县，眼明初见南山。"他从北望南，所见南山，正是这苍莽米仓。那时，陆游在四川宣抚使司王炎幕中任干办公事，时在公元1172年。因抗金需要，王炎将宣抚使司北移至抗金前线的南郑。现在，站在山脊线上北望，晴川历历，山谷开敞，岚烟轻淡，山北宽谷中的汉水隐隐可见。陆游在蜀道上写下过"远游无处不销魂"的诗句，这段山道，也是他曾经的销魂处吗？

上到一座层岩剥蚀而成的城堡状孤峰，峰顶长着一株虬曲的老柏和几丛有我大半身高的茂密杜鹃树。收回思绪，杜鹃声中，来看开花的杜鹃。

每年五到六月，四川盆地周边山地，杜鹃鸟飞回，在林间初试啼声时，杜鹃花季就到来了，以周为期，以旬为期，不同的种类，从海拔六七百米的谷地，依次开向高山。今天是五月二十日，低处的杜鹃花期已过，在这海拔两千米处，却有杜鹃正在盛开。

面前这一种，往年在川西南的小相岭上已经遭逢过了。这回，穿过四川盆地走一个对角，在川东北，又和这种美丽生灵再次相遇。

用肉眼打量，再端起相机细细打量。不同的距离，不同的视点。

读过一本美国人的书《如何观察一棵树》，也读过些杜鹃花分类研究的书，知道要如何观察打量。

树形：丛生灌木。枝：尤其幼枝有鳞片。叶：革质叶片长圆状披针形，先端尖。花序：顶生，伞形。花冠：漏斗状。花瓣：深浅不一的紫红色。花蕊：不仅雄蕊伸出花冠，雌蕊也伸出头来，一探和煦的光与风。认出来了，此花叫作秀雅杜鹃。

忘掉分类学的指引，这一簇簇紫中泛红的花，正热烈开放，一树红艳。风吹着，又突然止息片刻，使花朵摇晃或静止，使花香凝聚或飘散，使山安静或动荡。

一千多年前，诗人元稹曾两度从长安出发，越秦岭前来巴蜀。第一回，公元809年这个季节，三十一岁的元稹以监察御史身份前来四川办案；第二次，公元815年，他被贬为通州司马，使得他在秦汉即已开辟的穿越秦岭和米仓山的古道上多次往返。那时，他就在这样的季节，这样的山中遭逢过盛开的杜鹃。

有诗为证，《奉使往蜀路傍见山花吟寄乐天》，这是他公元809年春"使东川"时所写组诗中的一首：

其　一

深红山木艳丹云，路远无由摘寄君。
恰似牡丹如许大，浅深看取石榴裙。

没错，这一树树置身危崖，斜倚道旁盛放着的杜鹃真是艳如云霞。诗人看到如许好花当然要与一生相知、在诗坛上并肩共进的白居易分享，于是作诗寄之。但他观花也有不细致处，"恰似牡丹如许大"，也对也不对。不对，是说杜鹃花单朵并不大，眼前这一种，单花的直径也就三四厘米，哪会跟牡丹一争雄雌。对，是说杜鹃是多朵密聚，植物学上叫聚伞花序，少的两三朵，多则十数朵，成簇成团，顶生于枝头，那不仅不是大如牡丹，而是大于牡丹了。杜鹃通树生花，盛开时花朵密集到不见枝叶。全唐诗歌，咏花者多，但多是出于田园的李梨，出于庭院的梅荷之类，生气勃勃的野生植物，鲜少出现在诗人们笔下。即或有，也是偶一见之，如岑参在天山中所作《优钵罗花歌》，咏的是天山雪莲花。所以，元稹这诗的记录也是十分难得，只是结尾在石榴裙上却显得艳俗了些。联想到元大诗人这一路留下的风流故事，要他不如此着笔，也难为了他。倒是他与白居易的深切情意更让人感念，见了好花，一首未能道尽其美，就再续一首：

其 二

向前已说深红木，更有轻红说向君。
深叶浅花何所似，薄妆愁坐碧罗裙。

这是说，开深红花的杜鹃外，又在高天之下的盘曲驿道上逢到了另一种轻红花的杜鹃。杜甫写桃花诗说"可爱深红爱浅红"，也是这个意思了。只是，一下又说到裙子上去，到底是玉成了莺莺故事的元稹嘛。

晴空万里，天朗气清，一树树杜鹃，开得如此热烈奔放，我只感到欢欣与奔放，元诗人却见出愁来，古诗的路数叫"景语作情语"，想必是缘于他心中有着浓重的相思之苦吧。

现在，我的想法比他严肃。这个想法是：中国诗歌从《诗经》和《楚辞》开始，那样多的自然之物，美草香花，后来怎么日渐变少呢？看到如此美丽的花树，元稹写了，却连称名都不能够。白居易作答的诗中，这花才有了名字：山石榴，或杜鹃花。

白居易诗《山石榴寄元九》，并有序："山石榴，一名山踯躅，一名杜鹃花，杜鹃啼时花扑扑。"

> 九江三月杜鹃来，一声催得一枝开。
> 江城上佐闲无事，山下劚得厅前栽。
> 烂熳一阑十八树，根株有数花无数。
> 千房万叶一时新，嫩紫殷红鲜麹尘。
> 泪痕裛损燕支脸，剪刀裁破红绡巾。
> 谪仙初堕愁在世，姹女新嫁娇泥春。
> 日射血珠将滴地，风翻火焰欲烧人。
> 闲折两枝持在手，细看不似人间有。
> 花中此物似西施，芙蓉芍药皆嫫母。

杜鹃花开遍中国东西南北，白居易在江州时见过野生杜鹃，还移栽过杜鹃到自己的庭院，不仅可以称名，观察也比元稹细致多了。时令："九江三月杜鹃来，一声催得一枝开"；形态："根株有数花无数""千房万叶一时新，嫩紫殷红鲜麹尘"。初格了此物，观察细致如此，白也不是不好色的人，但还是不大同意他石榴裙

的比喻:

> 商山秦岭愁杀君,山石榴花红夹路。
> 题诗报我何所云,苦云色似石榴裙。
> 当时丛畔唯思我,今日阑前只忆君。
> 忆君不见坐销落,日西风起红纷纷。

寄身官场游宦时,白居易也在元稹走过的"商山秦岭"中的驿道上行走过,季节不对,没有见到元稹见过的杜鹃。但在和散关、函谷关和萧关并称"秦之四塞"的武关见到了元稹题于壁上的咏杜鹃花诗,而写下诗束,《武关南见元九题山石榴花见寄》:

> 往来同路不同时,前后相思两不知。
> 行过关门三四里,榴花不见见君诗。

元稹当即作答,《酬乐天武关南见微之题山石榴花诗》:

> 比因酬赠为花时,不为君行不复知。
> 又更几年还共到,满墙尘土两篇诗。

当年元稹写杜鹃诗未必即在此处,但到东川,尤其是到通州,这米仓古道是他必经之处,这里的杜鹃也定使他触目惊艳而深有感发。有元白诗垫底,此处杜鹃与别处杜鹃自就大不相同,不是"寂寞开无主"了,不是"涧户寂无人,纷纷开且落"的山中红萼了。海德格尔说得好:"唯有词语才让一物作为它所是的物显现出来,并所以让它在场。"这里的杜鹃因元白的书写,从唐代就一直在场,就一直开在秦汉即已开辟的傥骆道、陈仓道、金牛道和米仓道上;在秦岭,在巴山,在米仓山上。今天,我行在这古道上,杜鹃花树树盛开,惊艳繁花之盛时,记忆深处,诗情唤醒,迢逦而来。杜鹃鸟声声啼唤,此时又加入了双声杜鹃一递声一递声悠长的啼唤:"布——谷——,布——谷——"山下坝中,农人收了小春,正在灌满了水的田中,插下青翠秧苗,而在这高天下的山岭之上,正当林海苍翠,杜鹃盛开。

去年,在川西南某地,在同样的岭上,也是杜鹃声声,催得杜鹃花开得满坡满岭。主人说,山无名,老师起个名字。我说,杜鹃声中杜鹃开,迢递岭上花如海,就叫杜鹃岭吧。

此处也是一道杜鹃岭,却自古有名。岭的最高处叫香炉峰,蜿蜒向东,又向西,深远浩渺的山脉名叫米仓山。

陪同的主人一直在说遗憾,说我来晚了三天。三天前岭下谷中下雨时,岭上不止一场大雪,使得已经盛开的杜鹃花朵凋落了许多,若早几天来,岭上杜鹃会更华美壮丽。但我已经非常惊艳了。当年,元稹诗中,先是逢着深红的杜鹃,然后才逢着轻红的杜鹃。这一回,我是先在接近峰顶处逢到了轻红的杜鹃——前面说过了,种名秀雅杜鹃。到了峰脊上,一座座石灰岩城堡般的突起,喀斯特地貌发育早期的特征鲜明。喜酸的杜鹃树深扎在岩石的缝隙中间,在危崖上旁枝斜出,姿态各异,正如元稹诗中所写,一树树艳若"丹云",经得起人近观远望。

杜鹃鸟在歌唱,用双音节、三音节和四音节。

杜鹃花在盛放，用百树千树，用千枝万朵。

和秀雅杜鹃相比，眼前这种杜鹃，干与枝更虬曲粗壮，叶更加革质化，更规整密集，如人用舒张的十指诚心诚意地向天捧出了更红的花。这回，我这个业余的植物学爱好者叫不出这种美丽杜鹃的名字了。来前，在杜鹃花的地理分布上做过一点功课，想必该是秦岭杜鹃，但不敢肯定。再过几树，看过，用相机拍过，又似乎觉得是山光杜鹃，更有可能是山光杜鹃的某个变种。杜鹃花科杜鹃花属种类繁多，在四川盆地四周山区就有三百种以上，其种与种之间的分别细微，在植物分类学界，也将杜鹃种类鉴别戏称为分类学噩梦。如要仔细分别，通常要仔细观察比较枝、枝上鳞片、叶形、叶脉、叶上被毛、花形、花色、雄蕊、雌蕊，特别是雄蕊的长度与数量。我来米仓，时间只有一天半，行到岭上，已经日近正午，下午还有另外的行程，显然没有这般仔细观察的时间。加上，如要这样观察，需要折一两枝花，做点解剖功夫，看花瓣的构成，数花蕊的数量。此时，身边游人络绎，做这样的事情，虽说也有正当理由，但在别人的眼里，肯定是极不文明的行为。便宽自己的心，想自己也不是专业的植物学家，陷入如此琐屑的分类工作，也没有太大的必要，便作了罢。什么时候，得了机会，向懂得米仓山中植物的专家请教就是了。

但想到遇到一种如此美丽的植物，却未能称名，心中还是留有不大不小的遗憾。

回来，还和一个植物学界的人吐槽，植物学是不是也有某种迷途，为分类而分类，太琐屑太细微，有些过犹不及了。

索性就给它一个种名，山光杜鹃或什么杜鹃吧，毕竟歌德也说过："在观察活动中，错误也是有益的。"

但还是作罢，也许留此遗憾，是为了再来，想到此，也就把未能称名的遗憾放下了。

去年来米仓山，是来看闻名四方的深秋红叶。当时就在这岭上，看见一树树过了花期的杜鹃。当时就说，还要来看杜鹃。今年杜鹃开时，记得我话的主人就来催问。但还是来晚了一点，低海拔处的杜鹃已过花期，在这山上逢见两种，其中一种的种名，还在未定之中。

也是这个悬念，使得我在下山道上，还往岭上高处频频回看。

又或者，冬天积雪时再来，那定是另一番景象。当年元稹数次往返秦巴道上，其中一首纪行诗也写到了这里的冬日景象：

才见岭头云似盖，已惊岩下雪如尘。
千峰笋石千株玉，万树松萝万朵银。

有这岭上景，有这唐时诗，可能确实会引我来三游米仓。

大　坝

二游米仓，住在海拔一千多米的大坝。

坝，四川话就是山间平缓的盆地。顾名思义，大坝这片宽阔的谷中平地，是米仓山中好些个坝中最大的那一个。米仓山中这些坝子，历史上曾经作用巨大。比如楚汉争霸时，刘邦带兵退据汉中时，背靠米仓山，这些山间平坝正是他屯兵种粮，厉兵秣马之处,当时,就在大坝升旗筑起一座名叫牟阳的古城。与大坝相隔不远,还有一个小点的坝叫铁炉坝,就是当年韩信拜将后,造炉炼铁打造兵器的地方。

在旅舍住下,窗前立着高大的落叶松。

推窗放眼,见焦家河蜿蜒穿过坝子,青山四合。古城不存半点踪迹。溪边平旷处,是人工栽植多年的成林的厚朴。从香炉峰下来,主人安排了午休时间,一小时后,再去寻一道已然掩没于密林之中的古代隘口。行程短暂,明天就要离开,舍不得睡觉,就去厚朴林中走走。厚朴是木兰科植物,这一科植物是一个华丽家族,最漂亮的,是园林中的玉兰。厚朴则是这一科中树身最高大的品种之一,十几米的树身通直地向着天空伸展,花正在开,并不密集,花瓣肥厚,象牙白的花朵硕大。在这深山中,当地人种植它们,是作为药材,药用部分是它的皮,行气化滞,祛风镇痛。药效若何,未曾试过。只在此时,在林中闻见厚朴花香气浓郁。

行在树下时,手机微信声嘀嘀作响。

本县文物局长发来的。下午的行程是去寻掩没于丛莽的古关隘,午餐时他见我想事先了解一点关隘地望,就把地方志上与之相关的十多个页面拍了照发来。

我倚树坐下,看旧志书,知道即将要北上山中寻觅的古关隘叫巴峪关,在四川南江县大坝和陕西南郑县小坝间的山岭之上。

道光年《南江县志·关隘》:"巴峪关,在县北一百五十里,接连陕西南郑县。"

民国《南江县志·道路》:"……东北行四十里,关坝;

三十里，米仓关；二十五里官仓坪（即巴峪关）。"又接着说，"一百四十里，南郑县。此路线为汉代米仓道。"

有了这些文字，虽然四望皆是密闭的树林，方位感立即清晰，知道自己所在的大坝，正在米仓古道上的米仓关和巴峪关之间。巴峪关在北，米仓关在南，穿过大坝的溪流呈的是东西走向。走出树林，太阳当顶，我的位置正是倚北而望南，背靠是山，面前，隔一条宽谷，又是一道隆起的山脉。

由此也直观地知道米仓古道越岭穿坝，上岭为关，下关为坝，岭坝相间，迢递绵远。

下午两点，重新启程。缘溪行数里，弃车步行。溪流分岔处，入口平缓，树林中草地亦是牧地，觅草的牛体肥膘满。脚下草地水分充盈，下脚重一点，便有泥水上涌。树林主角是落叶松，是杉，都是人工种植。二十多分钟后，透过林隙见前面山岭陡起，要寻的关隘就在岭上。山道离开溪流转上左边山腹，进入原生林中。树种杂多，有枫、有水青冈、有楸、有柳、有榉，还有矮小的纤细的树，在阔叶的乔木下开着秀雅的白花，很雅致的花香，是山矾科的白檀。

脚下是秦汉时代即有的古道，如今林木四合，曾经被千万双人脚、千万只马蹄踏过的铺路石上长满了湿滑的青苔。请来的村民在林中开路，挥长柄弯刀刈去拦路的枝丫，同时嘴里嘘嘘有声，问他发声为的是什么？说是驱蛇。我常在山中行走，不怕猛兽，却对软体的爬行动物敏感，开路村民的嘘嘘声，使我毛骨悚然。好在攀行一阵，也没见蛇出现，身心又慢慢宽松下来。前些天一直下雨，脚下泥路湿滑，陡峭处进三步退两步，攀爬困难。同行者是去年到米仓山时就陪过我的，县政协主席，文物局长，女镇长，我的作家同行，新添一位，巴中市文联的女主席，他们都是此山中人，都比我年轻，都是如履平地的样子。我受损的左膝在要紧处总是酸软无力，却不好意思声张。还是开路的村民看出了我的难堪，劈了一段花楸枝，斩头去尾，做成一根拐杖递到我手上。有此倚仗，越溪时才敢大步跳跃，上陡坎时才有了可靠支撑，着实助力不少。行在郁闭的林中，视野中浓绿的枝叶交错，越靠近山顶反倒越望不见山顶。旧县志上有记载："路通汉中，山径迫狭，上多幽岩，荒谷，日光不到。"

虽说日光不到，但林下仍开着大片紫堇，借机做观赏状，停下来喘几口大气；再给大家指认紫堇和也在放花的植物，如翠雀，和未放花的七叶鬼灯檠，又得了几分钟喘息时间，才继续向上攀爬。

一个多小时后，看到了天光，望见了岭头。

四周树木稀疏了些，脚下多了错落的方正大石，长满了青苔和开密集黄花的景天。

又十几分钟，坡度变得平缓，巴峪关已在眼前。

巨石垒成的厚重石墙，横亘在岭上豁口。墙头长着大树，壁缝间挂满蕨类植物。

厚重石壁中一道拱顶石门，门拱上刻石的大字被一丛灌木掩去。同行者要砍去那丛灌木，让我看到下面的字，我说不妨，无非是"川陕锁钥"或"秦时明月汉时关"一类的话吧。亲眼看见这关隘就好了，亲身从这石门中穿过就好了。真的就从石门中穿过去了。穿过了地理分界，从川北到了陕南；穿过了时间，古老的米仓道上一处关隘，在秦汉，在宋元明清，也是在今天。关门北边，是一块小平地，建筑倾圮后乱石横陈，石头间长满茂盛的树与草。山岭向两边升起，厚重的石墙顺着山势上升，没入丛莽。

米仓道在秦汉时即已开辟，萧何走过，韩信走过。但唐时又有元稹走过，彼时岭上关隘如何摆布，驿站如何措置，年代邈远，书无记载，已不得而知了。

当地志书关于此关修筑的明确记载是在明代嘉靖年间。

一位叫杨瞻的监察御史于公元1543年巡视巴州，决定在这海拔二千一百米的岭上建立关隘。"墙橹矩度，唯事坚固。"顺岭脊起了城墙，城墙间开了关门，关门上还有望楼。关门附近建官厅三楹，各带耳房；又建守兵营房十数间，目的在保证商旅通畅，过往人众安全。从此商旅络绎，通铁、盐、纸、漆、布、帛、米、麦和各色土产。到清代，关上还建了粮仓，所以民间也给此关另一个名字：关仓坪。

如今在这古老关口，关墙上已长起百年老树，根茎盘曲，包裹着巨石。关上建筑都已倾圮，只有一座方正如灶台的小石龛还保持原状，只是内里却空空如也。想必当年其中一定蹲踞一座土地神或什么神的石像，享受过往行人祈求佑护的香火。我发现龛旁斜升起几枝漂亮草花，密集的管状黄色小花在茎上成排悬挂，那是管花鹿药。

一行人在此或坐或立，怀古，饮水。开路的村民拿出了替大家准备的干粮，干粮很特别，一块方正的带着烟熏色的豆腐干。香，有嚼劲，微咸，下到肚子里，增加了身上的力量。

大家置身在这古老的米仓道上，虽不至于"伤心秦汉经行处",也难免要面对废墟感叹兴亡,面对岭上岭下蓊郁的林木,赞叹自然的伟力。

最后的话题自然集中到旅游开发上来。巴峪关连同掩没于丛林中的米仓道,是可上溯秦汉,串连魏晋唐宋元明清,直观的历史长廊,人文遗存丰富,沿途地质形态多变,浩渺森林中生物多样性充足。人文、自然两相辉映,都是非常难得的观赏资源。目前,南江一县,围绕米仓古道,重资打造了若干景区,如我去秋到过的两河口的奇峰深峡,两度攀上的米仓山顶,和昨天下午新去的十八月潭等,都是绝美的自然观赏地,更兼沿途不断有人文遗迹呈现,四处弥漫着历史云烟,足以让近年来所提倡的全域旅游能够充分实现。我个人觉得,米仓道上,上关下坝,关坝相连,值得沿古道作轻度开发。具体做法,就是沿湮没古道,小施人工,开出一条步游道,穿坝越溪,上岭过关,使沿途人文遗存和地质生物资源逐次呈现,恰是一条低难度的上佳的徒步旅游路线。这条路线的开辟,还有一个大作用,就是将现在因为地理广阔而互相隔离的南江诸景区串连起来,使之成为一个有机整体。

风拂林梢,太阳西斜,该下山了。

"行客不知倦,裁诗过岭头。"

一路穿林下坡,路滑腿软,汗湿衣背。一个多小时后,已回到谷底平缓处,顺溪流而上归路,再回首时,关隘在暮云下早隐入林间。

平旷的大坝出现在眼前,四望除了逶迤青山,就是满坝的厚朴林,和其间零星分布的旅游设施。一派寂静清幽景象。而在古时,这里却是兵戈铁马之地。楚汉相争时,刘邦麾下大将韩信曾在此建了城，养精蓄锐；三国时，蜀国大将张飞曾在此大败屯兵牟阳的魏国大将夏侯渊和曹仁，牟阳古城也因此毁于兵火。

晚上小酒解乏，窗外山头，霞光漫天。

下酒的话是这山中由南迤北、穿坝越岭的米仓道上，别的坝，别的关。

睡在床上，翻看志书，还想象如在古道官舍驿站中住上一晚，案上有酒，壁上有诗，该是如何境况。于是，又想起元稹当年行于此道中，宿于驿站中的诗《使东川·望喜驿》，此情此心，庶几近之：

满眼文书堆案边，眼昏偷得暂时眠。
子规惊觉灯又灭，一道月光横枕前。

窗外风清星耀，林海无声，溪流潺潺。

去有风的旷野

To the windy wilderness

扎豁卡行记

一

2022年8月9日清晨，从成都飞甘孜格萨尔机场。二十来分钟吧，航线向西的飞机穿过笼罩四川盆地的迷蒙雾气，破云而出。

深空湛蓝，阳光灿烂，机翼下云海翻沸。前方，青藏高原东缘的参差雪峰，南北向迤逦蜿蜒。这一蜿蜒九百多公里的山系，叫作横断山。现在，众多海拔五千米以上的雪山从云海中壁立而起，横断天际。横断山脉的最高峰贡嘎山海拔7556米，是这片浑莽山系的中心。从海拔五百多米的四川盆地起飞，飞机刚穿破厚积的云层，贡嘎山金字塔形的最高峰就从前方升起，稍低的雪峰拱卫四周。飞机继续爬升，贡嘎山就在左前方的下面了，峰顶向东那面被阳光照耀，深厚积雪闪闪发光如水晶般纯净，积雪下金属质感的深灰色岩石也在闪闪发光。山顶下方深厚的积雪中发育了数条冰川。冰川源头，全然是幽蓝纯净的冰，厚积凝重，却又是流淌的姿态。往下一两千米，便裹挟了岩石山体上众多碎屑，变成灰白相间的沉沉巨流，向着深谷俯冲而下。冰川抵达海拔三千多米的森林密布的地带时，就融化成了湍急的溪流，奔向峡谷中牧场与农耕的田野。

我非常熟悉那些溪流穿越的峡谷，和山谷中那些人烟辐辏之处。二十多年间在这些地方频繁来往：东俄洛、八美、道孚、炉霍。森林、麦田和果园环绕的村庄，还有峡谷两边高山上帐幕四布的牧场。

航程短促，飞机刚爬升到巡航高度就开始下降。

机翼下，蜿蜒向西的鲜水河和从一座座雪峰奔涌而下的支流，被初升的太阳照耀着，闪烁着白银一般的光芒。上世纪初叶，一个外国探险家曾游历这一地区，他把这条河称为"铜河"。我想，那该是夕阳西下时分，看见阳光给这条河镀上的是一层耀眼的金光。现在是早晨，在初升太阳的辉映下，鲜水河的确是银光璀璨。

四十分钟左右，已经是甘孜县地界了。飞机傍着左方卓达拉雪山倾斜，下降。右方是这一带最大的一块高原盆地，甘孜县城坐落中央，鲜水河从城南流过，大片的麦田，密集的村庄。

飞机飞越这块盆地，降落在格萨尔机场。

这个高原机场，去年刚刚通航。以前进来，都是驾车，成都到这里，六百多公里，行程十几个小时。这一回，飞越这段漫长的距离，还不到一个小时。选择飞行，为的是节省时间，我的目的地是青海境内的长江源头。这个机场只是起点。

走出航站楼，阳光明亮到有些睁不开眼睛。我背向太阳，视线往西，山原浅浮，天空深远，近处是浅蓝，远处是深蓝。雅砻江蜿蜒东来，与西来的鲜水河汇合后，又穿过群山折而向南。

视线里还有寺庙的金顶闪耀，我认识该寺的活佛，却没有打算前去谈佛论禅。看见群山中众水奔流，便想起唐人顾况的两句诗来：

"八河注大海，中有楞伽船。"

二

前一天到达的司机和助手已经在机场等我。昨天，他们辛苦赶路，我用这一天时间，去图书馆查阅资料，做行前功课。

上路了。路是熟悉的，国道317线向西，去往拉萨。我要向西北行，去往青海。在小镇玛尼干戈分路，上456省道，向海子山行进。海子，西部地方，把高原湖泊都称为海。也知道湖再广阔，与海相比，体量都小，故称海子。海子小，但也深沉，也波光浩荡，也水天一色，天灰的时候，就灰，天蓝的时候，就比天更蓝。海子山，就是山上有海子。

我曾在这片地域游走两年之久，为写小说《格萨尔王》熟悉山川地理，走访民间说唱艺人。但那是十几年前了。好长时间不来，也有变化。海子山半腰通了隧道，不用再上到海拔四千多米的山口了，当然，也就见不到山上碧蓝如玉的海子了。

出隧道，下山，与另一条溪流相向而行。一个熟悉的地方，竹庆。一个镇。镇后方几里是同名的佛寺。寺后一片茂密的云杉和冷杉林。森林上方，是一道冰川。越往峡谷深处，水流越发壮大，要奔去一处地方，与雅砻江汇合。那里也有一个镇子，名叫阿须，我三度到过那个地方。

这回不去那里了。离阿须镇只有几公里的地方，溪流分岔时公路也随之分岔，我们沿省道北行，目的地是我唯一没有去过的石渠县。

指向阿须的蓝色路牌一闪而过，让我想起阿须。眼前浮现的却只是一只羊，和一种花。本该想起一些那里的人，那里的寺院，那里的小旅馆。但我确实是想起一只羊。格萨尔庙中饲养的一只小羚羊。僧人从荒野中捡回来的，失群的野生小羚羊。它就在那个青草茸茸的院子里，在那座时常燃着柏枝与小叶杜鹃薰香的祭坛旁长大。庙中有了生人，它就快速地摇动着短短的尾巴咩咩叫唤。

对，同时想起的还有一种花。那花叫勿忘草，一丛丛贴地生长。十几年前的一天下午，我穿过草原去往江边，就遇到了那种蓝色花。蓝得就如佛教徒所称的"璧琉璃"，就是矿物学上称为青金石的那种蓝。勿忘草就是勿忘我。城中花店卖的那种叫勿忘我的干花，其实是冒牌货。勿忘我属紫草科，那种干花却是补血草科的，蓝色，也有黄色，是生长于盐碱地中的耐旱植物。

此时想起勿忘草蓝色的花朵来，想必也是对曾经到过的地方一时间起了念想，也有一丝时光不再的惆怅吧。

在这种情绪中，一个未曾到过的地方，石渠，山、水、云、树、草，当然还有无垠的蓝天在前方如画卷徐徐展开。

到石渠了，新冠疫情时期，各县交界处都有防疫关卡，验行程卡和核酸报告。这里地广人稀，依然一点也不松懈。验证合格，年轻的交警交还手机时向我敬礼："老师，我是你的读者，感谢你为我们写了《格萨尔王》！"

不错，刚到石渠县，界面友好。

三

石渠县位置偏僻，四川省在西面伸出一个锐角，揳入青海和西藏之间。我去过这个县周围所有的县，却从没进入过该县的辖地。我看着山坡和溪谷中的高山柳和柏树，问那个年轻交警：“吔，不是说，石渠县没有树吗？”

答说：“再往前走就没有了。”

果然，再往前走，地势上升，山势变缓变浅，山间的谷地越来越宽阔，变成了一望无际的草原。真的没有树了。石渠县全境两万多平方公里，平均海拔4526米，大部分地方都超过了树木特别是乔木生长的极限。

抵达该县最南边的第一个集镇，也是入县境后的第一个乡政府所在地，名叫起坞，已经是中午时分了。在此午餐，8月，是高寒草原水丰草美、风和日丽的季节。人们都在定居的房屋外搭起帐篷，享受野趣，亲近自然。乡政府也在砖墙瓦顶的平房外草地上搭了帐篷。我们就在帐篷中，面对矮几席地而坐。先来一碗奶茶，再来一碗酸奶。然后刀手并用，刚出锅的白煮羊肋条肉，有生蒜和野葱花酱相就，香气四溢。再上来，一盘血肠，用新鲜牛血灌成，快刀横断，满口嫩滑。第三道，烩石渠白菌，一种白色的草原蘑菇，蛋白质和氨基酸含量丰富，菌香浓郁，口感细滑，为当地有名特产。正好下一碗米饭。再上来又是酸奶，奶茶。

很快就撑了，鼓腹盘坐的姿势不能持久，便斜倚在铺地的毡毯上。毯边就是青草，青草中开着花。身边就有三种，都是喇叭状的花形，说明它们是同一家族，从分类学上讲，都是龙胆科的。一种浅白，两种深蓝。

浅白花的叫麻花艽，因根须纠缠如麻花而得此名。根、茎、叶都可入药，有祛风除湿、活血舒筋、清热利尿之功效，藏药和中药中都应用广泛。

再一种，蓝色花的，名中也有一个"艽"字，秦艽。"艽"的本义是远荒。此时艽花开放，确实到了远地，却不荒凉。

这种蓝色花秦艽，前面还冠以"达乌里"三字，按植物学命名的习惯，这三字要么是发现这种植物的人名，要么是最早发现此种植物的地名。"达乌里"是地名，在俄罗斯，也有译为"达弗里亚"的。说明这种植物在高寒地带分布广泛。和麻花秦艽一样，达乌里秦艽莲座叶簇生，茎不向上，铺地四向而走，离基座二三十厘米，或更远处，茎才稍微高昂，为的是举起茎端那些排列有序的三四枚五六枚花朵，迎向微风，迎向阳光。

再旁边，又一种蓝色花，也是龙胆科的。种名叫蓝玉簪龙胆。没有横走的茎，依然是莲座丛生的叶子，但比秦艽叶狭小许多，植物学上称为线叶。花朵丛生在基座线叶中央，直接朝着天空开放。还是喇叭形的开口，却比两种秦艽花更加漂亮。修长的花筒，渐升渐高，由细而粗，最后敞开口子时，真的就像气爆处有号声响起。花朵的蓝是渐变的，花筒白中带紫外，还有数条乳黄条纹相间，直到喇叭敞开的上部，才全然变成了深蓝。花生也密，常常三五朵七八朵众口朝天。

与这两种花的蓝相比，天空的蓝就仿佛泛出些灰色来了。

再抬眼，远处还有蓝色花开，看样子是另一个种类，乌头属的了。还要赶路，要去个听说过但没去过的地方，距离在百多公里外。

路上，不断看到蓝色花星星点点从车窗外闪过。突然意识到，这已经是秋天了。高原秋早，经霜的草梢已经微微泛黄。花的主调变成了蓝色。是的，在草原上，从五月到十月，初春到深秋，旬日之间，就有某几种花开的颜色，成为主调。春天，最初的主调是黄色。那是溪流两岸的湿地中毛茛科的云生毛茛、金莲花率先开放，成片蔓延。高阜浅丘上，也是黄色花星星点点，那是蒲公英、委陵菜和鸭跖草正贴地开放。之后，主调会变成报春花属和马先蒿属的粉红。还有野草莓和草玉梅的白。等等，等等。以旬为节，时时变化。而现在，白昼天朗气清，夜晚露化为霜，是蓝色花登场的时节了。蓝色花系中，龙胆科的若干种是主打，毛茛科乌头属和翠雀属的若干种也不遑多让。

四

过石渠县城而不入。

在城外江桥上和县里派来导游的人会合，去往七十多公里外的松格玛尼石经城。十几年前，我为《华夏国家地理》杂志写格萨尔史诗中所关涉地理的文章，他们请一个摄影师大冬天去补拍照片，其中就有这个松格玛尼。还记得照片上城堡状的石经城风雪弥漫。现在，没有风雪，草原上溪流迂曲明亮，平整的柏油公路不断伸展，蓝色天空与绿色草原相接的天际线显得格外遥远。右前方，一座浅缓的丘冈突然高耸，陡立起一片赤红色的山壁。

那些赭红是含铁的岩石氧化的结果。岩石的纹理勾勒出一些类似菩萨和金刚力士一类的形象轮廓。于是得了一个名字,叫脸谱山。山下,是雅砻江一条叫各曲的支流冲刷出的宽阔谷地。

过脸谱山,由上亿块刻石堆积而成的,名叫松格玛尼的城堡状建筑就出现在眼前了。

玛尼,本是如来八字心咒的头两个音节。藏族地区,自接受佛教以来,就有在石头上刻经、刻佛菩萨像、刻各种心咒祈语的习惯。这种佛教题材的浅雕与线雕石刻,也叫作玛尼。这些刻石日积月累,堆聚成墙、成塔、成堡,就叫玛尼堆,就叫石经城。松格玛尼占地四千多平方米,高十几米。据传说,是由半人半神的格萨尔为追荐他建立岭国时牺牲的将士而兴建。剔除史诗中神话了的部分,格萨尔在历史上真有其人,岭国也真有其国。石渠一县,就是岭国的组成部分。现今学界比较一致的看法,是格萨尔在这一带建立岭国的时间相当于北宋初年。格萨尔王初兴这些石刻时体量应该不大。但一千多年时光里,藏传佛教在这片土地上以政教合一的体制一统天下。僧俗两界祈福驱魔,刻整部《大藏经》,刻无数佛菩萨像,刻各种真言咒语。随刻随砌,日积月累,为塔,为墙,为城,终成这占地数千平方米,周回几百米,通高十数米的巨型城堡状的石经城。

真像一座城堡,朝东一面有通道可以进入城内。一米来宽的甬道,两边石墙高耸,穿行其中,就感觉到无比的重量。沉重的石经下面,是沼泽冻土。累累刻石沉重,下陷厉害。当地老百姓说,石经城地面有多高,下陷的部分,也有多高。也因这下陷,好多石墙都严重倾斜。走不多远,就被劝止,说怕高处刻石坠落,造成伤亡。退出，绕石城一周，向外的每一面，都砌出了许多佛龛，龛中都是着色鲜艳的浅浮雕的佛、菩萨和度母像。慈眉善目，面对着绕城祈福的众生，望着溪流、草地、远山，还有蓝空和风中的流云，似乎在看，似乎又什么都没看，只是内观，垂眼望向自己的心田。

许多信众，正把新刻了真言与佛菩萨像的石块搬到城上。这座古老的石经城还在生长。

这一天，正逢着一个佛教节日，附近的寺院在石经城前搭起帐篷，喇嘛诵经，信众罗拜，鼓钹响亮，长号呜呜如大象低鸣。

我对宗教仪式化的部分无感，走到远处草地上，是去访花。这回，看到了一片细密的蓝色花，正是上午过阿须时想到过的紫草科的勿忘草。

我在它们跟前坐下。勿忘草花开得密集，那些直径不到一个厘米的小花成团成簇，竟把下面的叶与茎都全部遮去。小蓝花圆形，翻卷成一个微凸的平面，边缘很规则，一概分裂为五。那是它们和自然达成的合约，人当然不懂，为何是这个数目。午后阳光强烈，返射的蓝光浮在成团的花上。我抬头望向天空，天空也是这如空如凝的蓝色。此一刻，我的心中倒是响起佛经的声音了。

"佛以一音演说法，众生随类各得解。"这是《维摩诘经》中的开示。

其云所出，一味之水，
草木丛林，随分受润。
一切诸树，上中下等，

称其大小，各得生长，
根茎枝叶，华果光色，
一雨所及，皆得鲜泽。

这是《妙法莲华经·药草喻品》中的教言，我面对蓝花，默诵此经，沉静欢喜。我不敢肯定这是不是向佛问禅，但可以确信，此时心中有空明意，"一花一世界，一叶一菩提"，对美生善。

五

晚上住在县城。主人待以肉酒。

向他们索要县志，回答说："听说过你每到一地都要看县志，已经放在房间了。"

查阅县志。县志厚重，不能倚在床上翻看，只好正襟危坐在桌前。白天奔波一天，又在海拔四千多米少氧气的高原上，有些疲惫。但多少年来，到一地，游历中看见些局部，总要读些地方志，以求对一个地方有更整体的了解。

石渠县地方广大，两万五千多平方公里，二十余个乡镇。距我早上离开的成都，已经一千零七十九公里。

石渠，从藏语地名对音而来，不是汉语字面的意思。这个地方，还有一个藏语名字：扎谿卡。雅砻江是长江上游金沙江段最大的一条支流。看地图，雅砻江在巴颜喀拉山发源，叫作扎曲。在青海省称多县境流程二百多公里，在石渠县西北入境，斜向贯穿该县，从东南出境。扎谿，是指江流，再缀以一个"卡"，就不单指水流，同时也指称依雅砻江分布的畜牧部落。

石渠，扎溪卡，地广人稀，人口密度每平方公里五人。历史上，这一带地方不同族群迁徙不定，此去彼来，没有留下文字记载。有族群在史籍中留下踪迹，已是隋代。

《石渠县志》记历代沿革即从这里开篇，就一句话："隋为附国地。"有智能手机，有5G网络，立即上网搜出《隋书·列传第四十八》，为西域诸国传，存录当时所知服外二十国。其中有附国："附国者，蜀郡西北二千余里……附国王字宜缯。其国南北八百里，东南千五百里，无城栅，近川谷……西有女国。其东北连山，绵亘数千里，接于党项。往往有羌。"附国四周，女国和党项之外，还有白狗、春桑、婢药、当迷、嘉良和千碉等众多小国。都是秦汉以来泛称为西羌和西南夷的不同族群。附国人族属应该是西羌中的一支，或多支。《隋书》中还记载：（附国）"大业中，来朝贡。缘西南边置诸道总管，以遥管之。"大业是隋朝年号，使用时间是公元605年至公元616年。扎溪卡一地之族群，此时才与中原始通音讯，并建立"遥管之"的羁縻制度。

唐代，整个青藏高原都被东向的吐蕃势力覆盖，西部诸羌大多融入藏族。从此至今一千多年，遂成藏文化族群的世居之地。元代归于中央王朝辖制，属朵甘思宣慰司。明代属朵甘卫都指挥使司。清初，辖于蒙葛结长官司，后属德格宣慰司。大多是遥管的羁縻性质。直到晚清宣统元年（1909年），才正式置石渠县，纳入国家直接行政区域。

这次来石渠，本是路过。我此行目的，是去青海长江源。但这个路过，也是特意安排。因为没有到过这个地方，就特意多走些路经过一回。原计划，早上起来，就去青海。不想，晚饭时听县里人说，这些年，县境内好几处地方，陆续有古代石刻发现。当即就改了行程，看了石刻，再前往青海。

睡得晚，还累，也就睡得好。醒来已经将近七点。早饭后，便上路去看石刻。

第一处，距昨天到过的松格玛尼石经城不远。如果昨天多问一句，也就不用走这一小时回头路了。快到石经城时，溪流分岔，沿左边那条溪走，往松格玛尼。一座小山把象鼻一般的末端拱在面前，把水流分开，我们拐向右边那条水量更大的溪流。西北方向上，远远一列山脉横亘，湍急的溪流就从那些山中下来。而山脉那一面，水就都流向黄河了。沿溪行才几百米，车就停下。岩画就在公路上方那些裸露的岩壁上。说是岩壁，都有些过了，其实就是从草坡陡峭处，断续相间，裸露出的一块块岩石。爬上砂石松动、植被稀疏的山坡，来到那些岩石跟前。先看到了动物，一只狐狸，拖着长尾，站在岩石上方，一张尖削脸上，眼光锐利，正向我们张望。直到我们走得很近了，才转身走开。

岩画出现。那些裸露的岩石平面大小不一。最先看到的那一幅，上面就刻了一头鹿。粗放的线条勾勒出鹿的身躯、四肢和分叉的角，朴拙，但又生动。那些线条看上去是用石头连续敲击而成，颇有动感。另一块岩石上是一头体形雄壮的牛，浑圆的臀，翘起的尾显出原始的力量，头和角却被一些锈红色的苔藓遮去了。我不愿意剥去这些苔藓，因为不知道岩石的风化程度，怕因此对岩画造成损伤。岩石错杂出露，岩画也就很分散。这块岩石上刻了一条狗。然后，在一个大的平面上出现了复杂些的场景。一个人，以跳跃的姿态，追逐一头鹿。鹿的姿态，似已负伤。下方还有一头鹿，也在逃奔，但前半截身躯由于风化已模糊不清。还有更多的牛、鹿、羊和人刻画在其他裸露的岩石上。我不是岩画考古专家，所以要前来此地亲眼看见，不过是为了确认，人类在这片土地上有比文字记载更加漫长的历史。这片名叫扎黎卡的高旷之地，文字记载，从附国始，距今一千六百多年。而这些岩画，一下就把人类活动记录前推到了蒙昧初开的时期。陪同我的是县里分管文旅的领导，他告诉我，县里请考古专家前来考察，判定这些岩画的年代，在三千年上下。我们继续搜寻，还是人、鹿、牛、狗。题材重复，雕刻的手法却有变化。线条勾勒轮廓的是一种。还有另一种，是敲打出凹陷的平面。大的深的凹陷，是人或动物的头或身子；小的浅的凹陷，是四肢，是角，是尾巴。年深日久，那些敲击刻凿的鲜明痕迹因为风化都有些模糊了。

看了十多幅岩画后，我不可救药地被植物所吸引。已过花期的银露梅从岩缝中伸出一小丛一小丛细韧的枝条，碧绿的叶片如鸟羽一般。还有顽强的草，也长在石缝之间。红景天，开着红花。马先蒿，开着黄花。我已经强烈暗示过自己，秋天的主打，是蓝色系花。我就去找蓝色花。导游的主人在身后说，老师不用往上爬，上面没有了，上面没有了。他是说，岩画没有了。我听而不闻，还是往山坡上爬，直到岩缝间真的出现了一小丛蓝色花，乌头。中国古书中阴谋人士常用毒药乌头碱，就来自这种植物。现在，它不是以用根茎研磨的粉，也就是那种毒药的样子，在某种阴狠的场景中出现在我眼前。而是在晴天丽日下，以一种植物美丽的姿态出现在我的眼前。我认出它来，是乌头属中的一种，甘青乌头。它先在岩石上铺散开一簇掌状的叶片，然后伸出一枝被着茸毛、互生着小叶的茎，在植株最高处擎出两三朵花来。花如天空一样蓝，不是天空边缘有点泛白的蓝，而是天空中央如胶似漆将融或将冻一样的蓝。上午十点，太阳光很明亮，花上的蓝色也很照眼。奇妙的是花朵的形状，植物学描述是，上花萼盔状。最上面的那枚萼片，空前发育，几乎把整朵花都覆盖住了，真像一顶古代武士的头盔，把花的中心结构，把花最招摇的部分，雌蕊，围绕雌蕊的雄蕊，那些一心要进入雌蕊的敏感激动的花粉，都遮挡起来。这是此种花在高寒和紫外线强烈的地带，为保护娇嫩的生殖系统，进化出了形状特别的上部萼片。掀开这片上萼，下方还有三个萼片，左右相对的两片侧萼，舌头一样伸出一片下萼。伸出的下萼是特意留给传粉昆虫的降落场。细细观赏，再用手机替花留了影，我才走下山坡。

又去了一处石刻，在温波乡。没有路了，越野车加大油门，以溪流为路，直抵先民刻画过的岩石跟前。还是三千年左右的遗存，还是同样题材，同样的手法。用石头刻画，用石头敲击，造出鲜明的形象。留下这些岩画的应该是智识初开的相同族属的人群吧。这些茹毛饮血的先人，站在这里叮当敲击时，就已经怀着惊喜的心情，在描绘这个世界的物象之美了，在捕捉人和动物的运动之力了。他们还在岩壁上留下了人类自己手臂高张，在那时的风中毛发飞扬的生动形象。

回头向南，回到雅砻江的主河道上，不多时，又是一个乡的地界了。长沙干玛乡。江边，乡道旁。一列蜿蜒的浅山，抵近江流时，形成了一片岩石裸露的断壁。石壁表面光滑，那是因为经过了古代冰川的打磨。山名叫须巴。在山脉即将消失的山嘴上，有座狭小的白垩土染墙的静修房。僧人不一定都在庙里。苦行僧静坐修行会选孤独的地方。我们一行人爬上山崖搜寻岩画，互相招呼，大声说话，静修小屋却悄无声息。灌丛遮掩的岩壁上，出现的不是先民岩画，而是佛教造像。都是在岩石平面上浅雕而成，多半已漫漶风化，佛菩萨面目模糊。还有飞天。有说法图一幅，佛举手结印说法，不只是人，老虎也来听法，猛兽匍匐在佛脚下，姿态温驯。同样内容同样手法的说法图，我在距此两百公里外的通天河边，已经见过。那幅说法图有考证，是护送文成公主的和亲队伍留下的。那是公元641年，大唐公主长路入藏，进入青藏高原时正是夏天。送亲队伍中也有传法的僧人和工匠，一路留下不少佛教造像。

这处佛教造像一共一十三幅，手法也简单，从艺术上讲，并不令人惊艳。但几条藏文题记中包含的信息很有价值，帮助专家们对摩崖石刻做出准确的断代。这些造像出现在吐蕃国王赤松德赞时期，即公元742—797年。一些藏文史料说，这位吐蕃国王是唐朝入藏和亲的金城公主所生。他在位时，在吐蕃境内大兴佛教。县上的陪同人员介绍说，石渠境内这些唐蕃时期的佛教石刻的分布，和文成公主与金城公主入藏时在青海境内留下的佛教造像遗迹连成一线，证明这条路线也是唐蕃古道的一段。证明从青海玉树过金沙江入西藏要经过石渠这片高原。他给我看这条线上另一处佛造像的照片。其中一条题记是汉文："杨二造佛也。"简单的文字，却证明佛教初入西藏时，不仅只是从印度输入。汉传佛教从长安东来，也在吐蕃造成过相当影响。说石渠偏远，是在公路时代。但这种情况如今也在改变。省道456线，连接起两座机场。四川境内是甘孜格萨尔机场，青海境内是玉树巴塘机场，距县境都不到两百公里。近年，县境西北，又有一条新修的国道通过。

要离开了。陪同的主人笑问，老师不找花了吗？

其实我已经找过了。刚才在岩石间上上下下，要克服茂密灌木丛的阻挡。这些灌木都是开花植物，岩生忍冬、栒子和绣线菊，它们身上还缠绕铁线莲众多的藤蔓，但都过了花期。从昨天起，我突然魔怔般生起一种对蓝色花的执念。所以，即便这些花都在开放，也不会让我产生太大的兴趣。忍冬、栒子、绣线菊花是白色。铁线莲是明艳的黄色。而我在这一处的岩石间和草地上没有发现蓝色的花朵。

六

我们折返，溯江而上往西北方向。

丘冈起伏的山退向远处，平整的河谷越来越宽。注意到靠近河岸的草原似乎不是原生状态。草更茁壮，更茂密。是退化严重的草原进行了大规模的人工治理。

在漫长岁月里，游牧部落逐水草而居，长久放牧后草原退化，失去生机。整个部落便大范围迁徙，寻找新的牧地。过几十年，甚至上百年，退化的牧地自然修复，重现生机，新的部落又重新进入。中华人民共和国建政后，将原来各游移的大小部落，固定牧地，划分边界，建立起村、乡、县三级行政建制。改天换地的巨大社会工程，在上世纪五十年代末基本完成。从此，以部落为单位大范围的迁徙即告停止。在新的行政建制下，传统的游牧，都固化缩小到以村为单位的范围之内，不过是在四季流转中，根据牧地的高低远近，确定不同季节牧放牛羊的区域。气温升高，就去往高处和远处，那些冬季会被积雪覆盖的更高海拔的夏季牧场。冬季则回到村落近处地势较低的冬牧场上。这带来了很多好处，以县乡为中心的集镇兴起，医疗卫生条件改善，中小学教育普及，现代商贸体系建立，人口增加。民国时期，曾对当地有过不很完备准确的人口调查，那时石渠一县的人口数据是两万多人。现在，石渠县人口准确的统计数据已经过了十万。人口增加，牛羊数量也相应增加，也有负面效应，那就是生态压力也成倍增加。至少从上世纪六十年代就开始，因为载畜过量，造成草原大面积退化。当然，造成生态问题还有其他因素。比如大范围的道路等基础设施建设，矿产资源开发，所造成的影响。对草原产生破坏性影响的，还有鼠害。以鼠兔和田鼠为主的鼠群，在草原上掘洞不止，主食就是牧草的根茎。它们处于草原食物链的低端，天上的鹰和隼，地上的狐狸和狼，甚至体量庞大的熊，都以这些食草动物为食。但在生态意识不强的年代，飞禽走兽都是人类猎杀的对象。天敌濒于灭绝，打破生态平衡，啮齿类动物数量爆发式增长，日夜不停掘洞啃食草根，使大片草原成为洞穴密布的半沙漠化的荒滩。全面禁猎后，野生动物种群恢复，鼠患才渐趋好转。

　　停车观看那些质量更高的人工草场时，十多年前几近消失的鹰与隼，就背衬着蔚蓝天空，俯瞰着地面上的动静，盘旋飞翔。隼灵动轻快，鹰沉着威严。

我走向蓬勃生长的草。半人高的垂穗披碱草。秋天了，它们和所有禾本科的草一样，一序序穗子正由绿变紫，这说明密集的籽实已将近成熟。包裹这些籽实的外壳叫"稃"，植物学上的定义是："禾本科植物小花外面包裹的两枚苞片。"披碱草花很小，像稻花，像小麦的花。杜甫诗写麦花是轻花："细麦落轻花。"七月间，那两只苞片后，藏着羞怯的雌花，雄花们则把它们乳黄色的花粉抖搂出来，等待风来。眼下，完成了繁殖任务的雄性花们已经委顿无踪，两只苞片闭合了，受孕的雌性花已变成了一颗颗种子。种子越来越饱满，重量增加，穗子沉沉下垂。

这片草地垂穗披碱草是主打，其间还有燕麦和豆科的红花草。红花草还开着蝶状的粉红花，但那也是尾声了，大部分花朵都变成了狭长的荚果。荚果中也是一粒粒种子。品种单一不是好草地，品种众多才是好草地。这片草地正处于向好的过程中。

在这里，遇到了检查工作的县委书记。我夸草地治理富有成效。这不是客气话，我见过不少人工治理的退化草地，质量参差不齐。书记告诉我，石渠县上世纪中期即开始尝试人工草地建设。到九十年代，用本土披碱草和引进的燕麦与意大利黑麦草混种，治理退化草场。结果是，披碱草和燕麦混种效果很好，意大利黑麦草试种失败。这些草也不是一种了之，还要寻找最佳种植与养护方法。我当天的笔记记下罗书记作的介绍："选择这两种草主打，因为燕麦和披碱草密盖度好。又经过多年试验，才找到最佳种植方法。第一年第二年都要在生长期芟割，阻止植株地面部分过度生长，施加水肥，促使营养转往下部，使其地下根系发达蔓延，固土保水。这两种牧草，强壮的燕麦作为先锋植物，荫蔽披碱草和其他牧草，几年后，当根系更发达的披碱草自然演替成建群种，其他草自然加入，退化草地的治理才算成功了。"

罗书记带我去又一处经过治理的地方。

雅砻江河谷，江水在宽谷中铺散开许多支流，许多曲折，许多大小不一的水洼。临江的缓坡上是以平方公里为计量单位的宽阔草场。这是高寒地带最具生态价值的湿地草原。站在高处的观景台上瞭望，江流远在两三公里之外。视线里，都是随风摇曳的牧草无尽铺展。罗书记告诉我，这片湿地早前也曾遭到毁灭性破坏，因为开采黄金，草和灌木形成的天然保护层被揭开，宽阔的河床和河岸成为砂石裸露的荒滩。远在人类这种生物出现之前，江水就在这片土地上流淌，柔软的水流久久为功，造成了这些宽阔谷地，造成了称为地球之肾的广大湿地。接纳水，涵养水，壮大水，也沉淀了从远山搬运来的丰富金砂。诱人的黄金曾经引发过疯狂的"淘金热"，结果当然是河道和湿地生态的灾难性破坏。生态价值，往往都是在毁败后才被人认知。全世界似乎都是如此，后发展的中国本可少交学费，但在某一时期，物质财富的获取成为整个社会唯一的追求，生态灾难，没有一个地方得以幸免。近二十多年来，环境治理与生态重建的过程漫长而艰难。我行走最多的青藏高原地区，常听人们说，我们这是在还债，用资金、人力和技术上的巨大投入偿还生态欠债。好在治理效应已开始显现。

眼前，正是花费了巨大人力物力治理后恢复了活力的宽阔草场。比原生草场更丰茂，更肥美茁壮，给畜群提供更丰富的营养，同时，还包含着支撑生态系统的巨大能量。

县里同时还把生态工程打造成了旅游景点，供游客观赏雅砻江源和湿地生态。我们顺步行栈道去往江边，两边齐膝高的牧草、燕麦和披碱草之外，还有多种芒麦、羊茅，多种早熟禾，和一片片正开着白花的圆穗蓼和珠芽蓼，都是优良牧草。

来到江边的沼泽地，细流交织，水洼密布，喜湿的薹草科和莎草科植物成了主打，植物学上把森林和草原某一区域的主打植物称为建群种，它们是生存竞争中的胜利者，占有局部环境中最大的生存空间。但它们并不拒绝多样性，健康的植物群落始终要为别的物种留下生存空间。所以，湿地当中，水洼之间，还有数种菊科和灯芯草科植物错落间杂。垂头菊花期已过；灯芯草开出的白花，形状就像油灯燃起的小团火焰；马先蒿开着丛丛黄花。

水里有鱼，有鲵，黑颈鹤伸着长颈瞭望、鸣叫。赤麻鸭的羽翼赭红，漫游在水面。河间洲上，已有数年树龄的高山柳和沙棘团团相拥，形成了灌木丛林。主人告诉我，春天，鹿群会到这些洲上的林中生产，因为水网阻隔，小洲成了初生小鹿的安全岛。没有看到鹿，夏天，鹿群上了远山。我抬头望向远处，看见一群藏原羚在山前快速奔跑，身姿矫健。

七

午餐在野外草地上。挑选了一个小高冈，大家在俯瞰雅砻江河谷湿地和两岸宽广草原的高阜上盘腿而坐。

饼、牛肉、几只苹果。都是凉的，保温壶里有热茶。

饭后就要离开，去往玉树，那是长江上游的通天河段。

但现在，分支众多，相互交织的雅砻江从草原深处，由西北方向从容而来，一路接纳大小不一的支流，犹如一棵身量高大的树，粗壮主干上分枝众多。当地朋友逐一告诉了那些迂曲流淌的支流的名字，我却未能一一记住。只记得它们都叫"曲"，或者叫"涌"。在藏语中，曲是指流水本身；涌则是指水流造成的宽平谷地。

我们身后，是一座水电站，大坝横截江流，造成一个狭长的蓝湖，叫太阳湖。确实是太阳湖，正午时分，湖中央，水最深处，倒映着太阳，形成一个耀眼光团。金光在中央，银光在四周。再往外，更大的四周，是湖水的一派蔚蓝。加之头顶覆盖的蓝色长天。我们这些人，这个野餐场地，就在大片蔚蓝中间，真的是天阔水长。

吃饱了肚子，斜倚在草地上，胃加紧工作，脑子便有些迟缓，人在有想与无想之间。释迦牟尼在《乐想经》中说："我以知水火风……我以知此虚空处识处无所有处无想。"此一时刻，蓝水渊深，蓝天云停。天地之间，草长花开，禽飞兽奔。

身边，几丛翠雀，是宝石般幻变的蓝色。三五朵花在一枝长茎上从低到高依次绽放，一丛三五枝长茎齐齐上举。蓝翠雀花，五枚萼片包裹着中心，花朵中央，袖珍的两小片花瓣下，掩藏着雄蕊与雌蕊，花瓣和萼片构造了生命产床的形状清晰的蓝，如冻凝胶一样质感实在的蓝。但在花朵边缘，那蓝色就在太阳辉耀下，虚化成了光焰，融入背后颜色稍浅的蓝空。影响到人的意识，有形之物显出无的况味，有想模糊，而成无想。

我不是教徒，此时所悟所感，不是唤起宗教意识，而是捕捉到了一种空灵诗意。

无想短暂，回归有想。

我躺在草地上看那些衬着蓝空的翠雀花。

在这个季节的蓝色系花中，翠雀无疑是最出众的。

它的植株高出周围开花的草和不开花的草足有三四十厘米。数条分枝径直向上，身姿挺拔。和阳光合作制造能量的叶都聚生在地面，高挺的茎上无叶，枝上只有花，每朵花都伸出一段灰蓝色的长距，像姿态轻巧的小鸟拖着尾羽凌空飞翔。因此，这花还有一个更形象漂亮的名字，飞燕草。

得解释一下，"距"，植物学名词，指某些植物的花瓣或花萼向后延长而成的管状结构，功能是储存蜜。蜜是对传粉昆虫的犒赏。翠雀花距细长，中空，蜜就在其中深藏。昆虫要吸到长距中的蜜，必须在入口处挤开花朵中央两片闭合的花瓣，伏在雄蕊上沾满成熟的花粉，去另一朵花间寻蜜时，就传粉到另一朵花的雌蕊上，使之受孕，坐胎结子。小心翼翼地把一朵花打开，那些雄蕊兄弟性成熟了，密集的黄色花粉团明亮饱满。同一朵花中妹妹还很羞怯，青涩的身子深蹲在低处。青涩，是雌性花柱头的颜色，也是指其如正在发育的少女般的情态。自然界也有自己的生殖伦理。同一朵翠雀花，精子众多的雄性们是兄长，子房空虚的雌性是妹妹。兄妹间必须授受不亲。进化之神用这个原则做了合理安排。在同一朵花中雄性们先成熟，等昆虫把它们的花粉，也就是精子运去了另外的花中，再让妹妹身上叫作柱头的那个器官膨大饱胀，质感也由青涩变为玉润，等待昆虫运来另外花朵上的精子。我细心打开另一朵花，果然如此，那里雄性兄弟们的花丝都委顿了，花粉已失去了活力而变得暗黑。雌性的柱头却大胆伸张，处在等待授粉的渴望状态。

阿弥陀佛，"色不异空，空不异色。色即是空，空即是色。"

我观花时，陪同的当地县里乡里的干部就在旁边休息。他们躺在草地上，把宽檐的牛仔帽扣在脸上，在阳光下小睡一阵。在路上冷食野餐，在草地上小睡，我个人是偶一为之，对这里干部群众来说，却是工作生活中一种常态。没听人因此说苦，没听人对此有过什么抱怨。现在，我得和他们告别了。他们都从草地上起身，一起站在长天之下，雅砻江畔。

他们说，欢迎你再来石渠，我们一起再游扎谿卡草原。

车行远，他们还站在那江畔的高阜之上，我觉得这些人，个个身姿伟岸。突然又想起告别时他们不约而同的话：再来石渠，一起再游扎谿卡草原。

石渠、扎谿卡都是这片土地的名字。但他们这样说，语义还是有所区别。石渠是指共和国行政区划中的这个县。而扎谿卡，则是确指雅砻江两岸，和众多支流牵挽起来的这片壮阔草原。

晚上，我已经在青海玉树，在通天河畔。为这两天的石渠之行留下笔记时，题目就写为"扎谿卡行记"了。因为石渠县面积广大，按水系分，有三个部分。这一回，我只是穿过县境的中心地带，去到了雅砻江流域。此外，还有西北部的黄河流域，西南部的金沙江流域未曾涉足。

去有风的旷野

To the windy wilderness

炉霍行记

登上了第二级台阶。

不是建筑物的梯级，而是河流阶地。地理学上的定义是河流下切，在两岸造成的阶梯状台地，一级两级以至三级四级，阶地越高，地质年代就越古老。

二级三级河流阶地，往往是古人类栖居之地。

这级阶地，距离谷底河流已经差不多两公里的距离了。我们停下来。周围是几块青稞地，地块高低错落，间隔着一些树，柳和野海棠。还有片片草地，原野开阔，上面散布着许多花岗岩石，几乎遍布于目力所及的整片原野。它们裸露在地表，却像是激流中的石头一样，在长年的翻滚与流水的冲刷下，失去了锋利的棱角。这些石头有一个名字——冰川漂砾，是古代冰川使它们从高山之上的岩体中分裂，并在若干万年缓慢的流淌中将它们搬运下来。这种地貌，是开始于七万年前，结束于一万多年前的第四纪更新世大冰期的冰川所构造。冰期结束时，冰川化成水流走，这些石头就被遗弃在广袤的荒原上了。

厚达几公里的冰曾将这片高原全部覆盖，冰在几万年中的缓慢流动，其重力的下压与摩擦造成了这些宽阔的河谷。不知什么时候，古代人类来到冰川消融退却的高原河谷。人类开始摆弄这些石头，为了开垦田地，为了开辟道路，为了建筑房舍。还有些石头因堆积而开始产生意义：堆积在一座山口，分出了山的北面与南面，西边与东边；堆积在河流交汇处，分出了左岸与右岸，分出了上游与下游，也因此形成部落与族群的分野。那时，语言初生，还没有文字，所以那些石头上还没有刻写咒语与祷言。

现在，我们眼前这些石头正是被古人类刻意摆布的。

在一片略微隆起的浅草地上，石头与石头间保持着相同的距离，被古人类摆布成了两组相似的图形，表达他们对自然界某种抽象力量的感知，或者是他们思考世界的形象再现。

每组石头都是七块。两两相对，三对六块，顶端一块，共七块，各自分布在四五个平方米的草地上。

问题立即浮上心头，他们是什么时候的人？五千年前？四千年前？还是三千年前？接着是第二个问题，这些先民想要表达什么？

此地还未经系统的考古研究，但也有学者来过，并提供了初步的解释。说那时的古人类已经开始瞭望星空，他们用这些石头模仿北斗七星的图形，为了判定方向与位置。还有另一块石头为这种说法提供佐证。在一块浑圆的花岗岩石上，穹隆形的表面上分布一个又一个圆形小坑，是被人用什么工具精心敲击出来的，它们大小不一，间距不一，却分明是一幅星空图。中间最大的那一个应该是太阳，四周那些圆坑却不像是围绕太阳的几大行星。它们是恒星还是行星？不得而知。看来，古人类确实久久凝望天空，并摹写了天空中闪烁的星辰。

专家也留了话，对石阵的解释还不是最终结论。这个时代，考古学家很忙。就在这片高原上，往西南方向几百公里，这两年就有一处震惊世界的石器时代的遗址发现。我认识主持发掘的考古学家，他说依靠对发掘的石器和地层测定年代，这个叫皮洛的遗址已经把这片高原上人类活动的上限推到了十五万年前。

我把石阵拍下来，用微信发给一个熟悉青藏高原史地的朋友，他的回答迅速来了，却离我的预想有点远："七石阵代表高原先民对自然界金、木、水、火、土，以及光明和黑暗的认识。"

又从旁边村子请来了一位老者，他没有说七石阵，而是指着旁边一个已经长出忍冬灌丛的石堆，拿起一块上面刻着藏文经咒的石头，说，这是镇压邪祟的地方。

早晨从河谷底部的县城上到这河岸阶地时还下着小雨，现在，雨停了，风在天上驱散阴云，太阳光照临大地，一切都在闪闪发光，草、树，以及草和树上的露水。鸟开始鸣叫，声音最响亮的是画眉，最悠长的是布谷。我们站立在石阵前，周围是正在拔节的青翠的麦子与青稞；再上方，是几幢赭红墙壁的民居；下方，则是高原上的宽阔谷地。鲜水河闪闪发光，从西北流向东南。

炉霍县城前，两条河汇集处，是鲜水河的源头。上源两条河，一条在南，叫作达曲；一条在北，叫作尼曲。翻成汉语，尼曲是太阳河，达曲是月亮河。眼下，鲜水河正从炉霍县流向道孚县。鲜水河是雅砻江支流；雅砻江是金沙江支流；金沙江是长江的上游。地理学就是这样描述一棵河流树，众多的枝，粗壮的干。人类就这样让自己的知识体系变得日益宏大。而目力所及，却只是鲜水河十多公里长的一段，古代冰川造成的U形谷地宽敞平展，谷中田舍俨然；宽谷两边山脉浑圆，草甸上牛群四散。天似穹庐，

炉霍行记

笼盖四野。鲜水河谷还像当年摆下七石阵的古人类所看到的一样,是一个自在完整的浑然世界。

阳光的热量使草木和泥土的味道,在四周蒸腾弥漫。

沿河岸延伸的317国道上,载重汽车、小汽车川流不息,天空中还有飞向邻近格萨尔机场的航班拉出一条漂亮的雾气带。

我们的目光转向了周围的植物。同行的当地朋友让我教他们认识植物。这些年来,我渐有多识高原草木的名声,每到一地,向人说草木之名成为我必尽的义务。于是,便从身边开始,一一指认。

最显眼的当然是近半米高的、丛生于麦地边的独活。它们每一条有棱的分枝上都擎着一朵硕大的伞形白色花,这朵花其实是无数朵细小白色花的聚合。要有耐心去细数的话,可以数出两百朵三百朵的小花,由此便聚合出一朵直径二十多厘米的花序。仔细观察,发现那朵大伞,是由十数把小伞组成,植物学上因此把这种花形叫作复伞形花序。独活是伞形科下的一个属,中医和藏医都以其根茎制成饮片入药,祛风除湿,止各种风痛。

第二种开花的植物也是药材,名叫黄芩。它们开着深紫色的花,植株不高,十多二十厘米。黄芩属唇形科。该科是个庞大家族,其中几种因独特的芳香而十分著名,如薰衣草、迷迭香、薄荷等等。药用植物中,此科有些品种为爱中药的人所熟知,比如夏枯草、益母草、丹参,也包括黄芩在内。

该科共同的特征就是花朵的形状,植物学上叫作唇形花冠。它们的花本是一个长筒,开端绽放处,形成上下两张状如嘴唇的花瓣。上两个裂片合生成上唇，下方则是三个裂片合生成下唇，两唇间张开的嘴通向深藏蜜汁的深喉。

黄芩是唇形科两百多个属中的一个属，本属也有两三百个种，在全世界广泛分布。眼下，我们遇见的这一种，在高原上是一个广布种，连翘叶黄芩。其特征的一半已见于名字，即叶形如同连翘，更具特征的却是它的蓝色花序。它们两枚一组，整齐并列，在植株茎上由低到高排列出十几组来。低处的几组已经盛开，上方的几组正含苞待放。同行中好几位有乡村生活经验的，虽不知晓它的科属种名，却都唤起了少儿时代在田野中从这种管状的唇形花中啜吸蜜糖的甜美记忆。

草地上开花植物很多，银莲花属下洁白的草玉梅。马先蒿属的若干种。马先蒿属的花朵前端或上端突出的部分，活像鸟喙。

这些花看似寻常，细观之下，却都有着种种匪夷所思的奇异构造，引得大家都欢欣赞叹造物的神奇。

就是这样，在我到过的一些地方，一场现场植物指认，如此这般"为他人说"，已经引起好些人对植物，以及对自然环境的一些兴趣了。

话题不知怎么从药材转到了野菜。

我当即也指认了一两种，比如荠菜属的紫花碎米荠，比如刚开出红色球形花的葱属的川甘韭。

随行有一位县文旅部门的负责人，说他正在整理一组当地野菜，完成后要请我作最后鉴定。

我以为是地方上在为乡村旅游开发一款野菜食单，一问，却是为挖掘红色历史文化。1936年，红军长征过炉霍，四万多人的

炉霍行记

大队伍，缺少食物，有专门人员四出采挖野菜。一来补粮食之不足；二来，那时队伍中患夜盲症的官兵很多，原因是缺少维生素，而野菜里有丰富的维生素。县上正在研究长征亲历者有关炉霍的回忆文字，尝试整理一份当年红军食用过的当地野菜清单，要在长征纪念馆中陈列实物标本。

我是昨晚听县委书记说起新发现的古人类遗迹，才来看这七石阵的。现在说起野菜，说起长征，便临时增加行程，往更高处的阶地上去，去看红军遗迹。

狭窄的村道上很拥挤。当地两千多名中学师生正在徒步走一段全程二十五公里的长征路。遇到一个女学生病了，我们把车让出来，送女学生上医院，大家徒步向上方的又一级阶地攀爬。

那是一个高台，路有些长，正好开谈当年红军过炉霍的话题。

那是1936年3月，重新北上的红四方面军先头部队30军88师到达炉霍，进驻清末民初才初具规模的狭小的老县城。

老县城如今是新县城东南方三四公里的一个村子。

我们穿过这个村庄，登上可以俯瞰新县城一角的高台地。

台地上，是一圈断续的土夯围墙残迹，围墙圈内还有一些建筑的残墙。当年，朱德、刘伯承们就在这里和张国焘分裂中央分裂红军的行为坚决斗争，终于迫使张国焘放弃分裂，在炉霍以西的甘孜与红二方面军会师后再度北上。当年，一批红军将领都曾在此频繁出入，前述朱、刘、张之外，还有李先念、徐向前、陈昌浩、程世才、董振堂等人。现在，这里很安静，空地上稀疏地长着几丛山梅花和野海棠。山梅花正开着繁花，野海棠花期已过，枝头结满繁多的青涩小果，残墙边杂草滋蔓。在这里，我再次一一指认，帮他们为红军野菜谱增加新品种：两种以上的荨麻、牛蒡、蒲公英；坡脚阴湿处，有水浸出汇为小溪的地方，还有丛生的水芹菜；开白花的唐松草的嫩苗与茎也是可以食用的。这座小冈上，除了总指挥部，周围还曾分布红四方面军总医院、被服厂、铁工厂（枪械厂）和红军大学。红四方面军总部及所属部队四万余人，在此驻扎达半年之久。其间，还在当地广泛建立了各级少数民族的苏维埃政权：博巴人民政府。博巴，即藏人自己的族称，其中许多人，加入了红军。

　　红军北上后，还留下千余名伤病员在当地。我们这一行人中，有位县文联主席姓文，母亲是本地藏族人，父亲就是一名红军。她告诉我，父亲是安徽省金寨人，有文化，从鄂豫皖转战川陕根据地，再踏上长征路，却负伤留在了炉霍县。去年她还回了金寨老家，把他们这一房子孙写进了文家家谱。中国内地的一个汉人家族，因为长征，增添进了另一个民族的血液。

　　陪同我的还有一位曾经的县长，当地人，退休后，不断走访四乡，搜集口传史料，已是当地文史通了。他在手机上为我打开一张民国时期的老照片，是这片废墟以前的样子——那是一座规模宏大的藏传佛教寺院。他说，民国初年，废除土司制建立炉霍县，老县城就一条狭窄街道，县政府、小学校外就是一些商户，燃一根纸烟就可以从这头走到那头。县政府上方的这座寿宁寺却占地广大，有一千余喇嘛僧人，还有五百余条快枪。照片上的寺院大殿雄伟，附属建筑众多，土夯的围墙朝不同方向共开出七道大门。红军对该寺围而不打，耐心劝降，达十天之久，但该寺活佛在成都受过蒋介石接见，并接受了国民党委任的行政职务，冥顽不化。第十一天,终被红军攻克。如此,寺院便成为红四方面军总部的所在地。老者说,红军在这里建立总指挥部后,大部分喇嘛仍在寺中诵经打坐,红军则照常开会训练,彼此相安无事,两不相扰。

这片废墟的东南方向有一大块平地,以前用于寺僧搭帐消夏,如今上面散布着青稞地和几户农家。红军驻扎此处时,曾在这里举办全军运动会。文旅局的同志还发给我当年运动会的竞赛项目表:

篮球和乒乓球;

二百米赛跑;

跳高和跳远;

马术,越一米深一米宽的沟,跨一米高的墙;

骑兵战术动作;

手榴弹投掷。

运动员由下面各军、师和其他单位组队派出。

有老红军的回忆录说,成绩最优秀的运动会参与者是时任红四军副军长的许世友。

当年举行运动会的草地已经变成了一个安静的小村庄。我们被邀请到一户人家喝茶解渴。招待我们的这一户人家,还辟出好几个房间,作为民宿,接待不时到访的游客。主人招待我们饮茶之外,还端出了自酿的酸奶,和藏语叫觉玛、汉语叫人参果的小甜点。这是一种叫委陵菜的野生草本植物如花生米大小的块状根,富含淀粉与糖。当年红军刚到时,这种植物还未发芽出苗,根茎中的养分还没有被抽空。红军的野菜队,在当地老乡的指引下,一定也挖掘过不少这种富含营养的植物根茎。于是,我们又为红军的野菜谱增加了一个品种：蕨麻委陵菜。

送女学生的车回来了，拉我们去另一个村子吃饭。

这个村子也是当年红军驻扎过的。村中一株巨大的杨树，现在叫作红军树，树下空地据说就是当年红军一个建制单位埋锅造饭的地方。如今，村里在近旁开了农家乐。我们的主食是手把牛肉、青稞面饼、蒸土豆。饮料是奶茶，和当地开发的一种健康茶饮，说有降低血脂的功效，叫俄色茶。俄色，藏语，就是野海棠。这种茶饮，就是野海棠的嫩叶制成。这种嫩叶，也可以直接食用。于是，红军野菜谱中，又多了一种：俄色，即野海棠。

茶足肉饱，人就感到疲倦。

海拔三千多米的地方，我却感到氧气过剩，人有些昏沉。

过去的两周，我一直在分界青海和西藏、海拔五千多米的唐古拉山游走，为的是上溯长江之源。走了长江源，又得知旁边还有怒江和澜沧江源，便一发不可收，走了三条江源才下唐古拉山。又两天时间，经玉树，沿通天河而下，昨晚到了炉霍。县委书记是老朋友，他说，从那么高的地方猛然到海拔五百米的成都，氧气会多到人受不了，如醉酒一般，不如在炉霍休息两天，在海拔三千多米的地方过渡一下。我便因此在炉霍县停留。

午觉睡得不好。

恍惚间还身在唐古拉山上。天气数变，一会儿艳阳当顶，一会儿狂风夹着雪霰，一会儿是雨水变成雪片。旷野无边，雪山就在眼前，却似乎永远走不到跟前，永远沿着融雪水暴发时冲出的宽阔河道上行。两边无尽延伸的是被古冰川磨得浑圆的岩石山脊，还有广泛出露的石灰岩层与红色砂岩层,错落重叠。如果不是其间分布的冰川与积雪,融冻产生的如巨树繁枝般的溪流,和空中的流云与飞鹰,那景象真如火星一般荒凉。五六千万年前,高旷的高地还在水底,或者出露水底不久,如今却构成了亚洲内陆雄浑高地的单调地貌。我恍然看见荒凉地表上那些贴地生长的顽强植物,它们种类不同,却有一个共同点,即便刚从融雪中现出身来,也都急切地开放出花朵,让人惊艳,如奇迹一般。只是可惜种类不多,起初发现时的惊艳,行行复行行,见了又见,在动辄以万平方公里为计量单位的空阔地带,这些坚韧顽强的生物反倒成为多样性孱弱的佐证了。

睡不踏实,总是恍惚看见荒原上有限的那几种开花植物。

垫状点地梅,无处不见。

蓝色和黄色花的卷鞘鸢尾,无处不见。

标志草甸退化的大叶丛生的马尿脬,无处不见。

还有开小红花的糖芥,在澜沧江上游,唐蕃古道上一处叫婆驿的唐代驿站,在温泉周围的碳酸钙泉华台上看见。青海报春,也是在那里看见。驿站遗迹荡然无存,代替的是一座寺院,叫扎西拉吾。

藏玄参,几片圆叶团住一小簇艳黄的唇形花,在长江源沱沱河边遇见。

蓝色花的茵垫黄芪,在怒江源头,大雪初停后的一处湖边遇见。

还有吗?有两种马先蒿,黄色的阿拉善马先蒿,在通天河边;一种是顶端冻得发黑的欧氏马先蒿,在第一次看见藏原羚的长江上源之一当曲的冰盖正在融化的水流边。

还有一处地方，名字也在唐蕃古道交通史中出现过的：潭池，其实是两个极像一双人眼的积水的石灰岩下陷溶洞。在那里，我们遇到了一场冰雹。似乎是那对眼睛湖不想让人看见，所以召唤来一场冰雹袭击了我们。我们并不在乎，还是顶着冰雹和凛凛寒气，细看这两眼神奇的深潭。冰雹就那样一直砸下来，迅速在地面上堆积了好几厘米。可是，当我们驱车离开才两三百米，便骤然间云开日出。就在那些堆积的冰雹中间，我看见一大团红色，在白色的冰雹粒中那么耀眼。下车，是一团喇叭状的藏波罗花。我细细拍下它们在冰雪中的娇艳，然后，就不时在滚滚砾石中，在浅浅的草甸中，看见这种红色花了。

在似梦非梦中，那片我刚离开的亚洲中部高地，那样旷远，那样单调，那样孤寂。上面缀满了那少数几种花，如魔毯一般，在梦境中飞旋。又或者，它们凭借某种不可思议的能量，成为梦境本身，成为一场走不出的梦境。

梦境中，藏野驴和普氏原羚在啃食那些花丛周围稀疏的青草。藏野驴和羚羊种群的增加被视为三江源地区生态转好的标志，我却担心那些稀疏到不能覆盖砂土地面的弱小青草。

在如此靠近生命禁区的高度上，少数的、孤寂的生命，在如此广大的地域内的存在，竟具有某种符咒般的魔力。这个符咒的魔力应该是佛教意义上的，是祈请，是祝颂，是加持。但它因无尽的广大，无尽的单调，也形成了一种控制，从感官到情绪。我已经离开那里五十多个小时了，但纷乱的梦境依然受到它的控制，让我在梦境中依然还在那里。

我真还没有遇到过一个地方,具有这样一种魔力。

这一觉,迷迷糊糊就是三个小时。到了下午四点半钟。

起来问主人有什么安排。

主人很尽心,问我要不要去看看寺院,就是当年红军包围过的那个寿宁寺。很多年前,这寺院就搬到县城对面,鲜水河岸上的小半山上去了。我个人对佛教的兴趣,一般限于其与历史相关的部分,有时也阅读一两部佛经,却对供奉泥身金面佛菩萨像的香火庙堂兴趣不大。

主人还有第二方案,要不看看县博物馆?

这个当然,就用晚饭前一个多小时时间。

一切从旧石器时代开始。橱窗中,史前人类使用过的石器静静陈列:先是粗糙的各种砍砸器,刮削器。以前的时间发出了声音。似乎看到腰围兽皮的先民,手持这些石头工具,在山谷间游走;仿佛听到他们口中发出一些模糊的音节,那是最初的语言吗?消逝的时光随着橱窗中这些器物的呈现,像一条河流,我看见了它们在源头处缓缓流淌。时间之河前进,石头被打磨得越来越精细,功用也更加显明:斧子、石磨、箭镞。青藏高原东部的这些高旷山地被学界命名为民族走廊。我此行就带着一本书,法国藏学家石泰安所著《汉藏走廊古部族》,今天的中国学界通常将这一地带称为藏羌走廊或藏羌彝走廊。博物馆中陈列了一座在这一地带广泛分布的石棺墓。石板镶嵌的狭长墓室中,躺着一具骸骨,和陪葬的陶器。这种墓葬代表的族群与文化存在于石器时代和金属时代交替的时期,大约与中原的西周至西汉初年的历史时期相当，应是中国史籍《史记》和《汉书》中出现过的西部诸羌中的一部。馆中陈列着许多双耳陶罐，模仿的都是羊头形状。

在人类史上，一直有不同的族群在这片高原上来来去去。石棺葬时代以前，那些族群的行状难觅踪迹，这个时代以后，历史的面貌渐渐清晰，一些族群有了粗放的国家形态。从此，不同的国名或部族名在史籍中不时闪现，又不断湮没无闻。它们称牦牛羌，称附国，称弥药。邻居有东女国与西女国，还有嘉良夷与之为邻。再后来，吐谷浑人从北而来。继而吐蕃人东向，藏文化一统高原。元时，蒙古人势不可挡，汹汹南下，开始实行在这片土地上影响深远的土司制度。宋代，这里是中国中央王朝在西部地方遥领的数十个羁縻州之一。清代，和硕特部自新疆进入青海，再次南下。雍正年间，该地区蒙古裔的地方首领被册封为土司，一时间势力大张。红军作为指挥部的寺院旧址，那时是清朝册封的霍尔章谷土司府所在地，寺院在土司府下方。晚清时，土司势力衰落，政教合一的寺院势力增长，时移势易，便与土司府交换了位置——土司府搬到下方，寺院易址到上方。再后来，改土归流，土司一家血脉断绝。国民党建立流官政权，就在土司府旧址上，此地也由霍尔章谷改名为炉霍。中华人民共和国成立后，新县城移到鲜水河边，如今，街道纵横，高楼林立，已经是川藏公路317国道上一个数万居民的重镇了。

从博物馆出来，是县城宽阔的中心广场。广场上几组浮雕，再次重现了博物馆中呈现的地方史上几个关键性节点。

晚餐，沸腾的汤锅里有两三种当地产的野生蘑菇。这些蘑菇有的生于草甸，有的生于栎树林或杉树林中。我说，这也未尝不可以列入当年红军的野菜食单。话题转回到石棺葬上，我被告知，本地的石棺墓群最早发现地是在卡萨湖畔。那是我熟悉的一个地方。沿317国道，往西北去五十公里的样子，南北向横亘的叫作骆戈梁子的高大山体下，突然敞开一道宽谷，上游溪流蜿蜒，至谷地中间低洼处，湖水蓄积，加上湖中还有大眼涌泉，便形成一个将近两平方公里的湖。每次经过，都能从山梁上看见湖水中倒映着云影天光。湖周散布着数个村庄和一座安静的尼姑寺。湖北岸是一道平缓山梁，绕过去，往北，隔着一道更深的山谷，便是挺拔而起的、东西向纵贯整个炉霍县境大雪山山脉的一段，高峰参差接天，满坡满谷都是暗绿的森林。中心部分森森然都是云杉与冷杉，而在低处，靠近湍急溪流的峡谷底部，是更多的树，乔木与灌木。

以前来往过这片高原的一个古代部族，在一种灌木上留下了他们的名字：鲜卑。大半身高的鲜卑花树一丛丛站在湖边山坡上，在风中摇曳时，用微带蜡质的叶片辉耀着阳光。

我想到一个词汇：治愈。也许，去这样一个地理范围不大，却有丰富生物多样性的所在，有可能驱离唐古拉山两侧那片巨大荒野施加给我的过于强烈的影响。

我向主人提出，明天就去卡萨湖，还要到卡萨湖北面的森林里去。

次日早上九点多，我们就站在卡萨湖清澈明亮的湖水前了。

在离湖最近的那个村子，村干部介绍湖名的由来。卡萨，意思就是湖边有三个村庄，或者是岸边有三个村庄的湖。原来，这个"萨"字是数目字"三"。在康巴语区中，"三"的发音大部分地方都为"松"，汉字对音也多写为"松"字。但鲜水河流域的炉霍县，有独特的藏语方言。河谷地带的农作区讲一种语言，而在海拔高一些的牧业区，讲的又是另一种藏语方言。这种同一词汇不同的发音，不同地域的人们操持不同方言的现象，正体现文化走廊不同历史阶段不同族群的文化遗存。也许，把"三"念为"萨"，正是古代的什么族群还在顽强地用他们的发音方法讲着后来居上的藏语。

还听到一个关于湖泊起源的传说。

远古的时代，没有这个湖泊，当地的族群常常受到旱魔的折磨，人们祈求上天赐给他们更多的水。终于，祈求得到了回应。神灵出现在部落长老梦中，告诉他，去原野中寻找一只青蛙。本就缺水的地方，哪会有一只青蛙？但长老仍然去原野上寻找青蛙。就在今天湖水最深的地方，长老发现了一块形似青蛙的巨石。他在虔敬祈祷后，居然轻易翻转了看上去难以撼动的蛙形巨石，一股清泉从地下喷涌而出，在因古代冰川俯冲而形成的洼地中潴积成一个美丽的淡水湖。由此想起昨天在博物馆看到的一把做工精美的蛙形铜壶。这种形制的壶在青藏高原东北部的河谷地带，包括我的家乡嘉绒地区曾广泛使用，我一直没有寻访到对这种壶形由来的令人信服的解释，也许，这个传说让我得到一些启发。

在湖岸上方，陡峭的山坡上还有一些建筑的土夯残墙；而靠近湖边的平旷地带，是干净整洁的村庄。我注意到村庄里新出现的公共建筑，是体现新生产方式与组织方式的专业合作社，和新建的农特产品电商平台。

主人向我介绍未来的旅游发展规划,重点在那片山坡上的建筑废墟。那些依山的废墟,一半是在深厚黏土层上开掘出的窑洞,一半是露出地面的土夯残墙。规划就是要依山势,模仿古建筑半窑洞的散点方式,连片建一座面湖的酒店。名字都有了,土拨鼠酒店。半坡上,确实有许多土拨鼠,它们蹲踞在洞口,直着上半身,双掌合十,以人类拜佛祈祷的姿态,面朝着东方的太阳。

湖水明亮,湖周的沼泽地水清草碧,湖上有成对的赤麻鸭在贴水低飞。湖上,还有两只橙色的橡皮艇在下网捕捞。藏族文化中,对水生的鱼族有深深的怜悯,所以,食单中没有鱼类的身影。主人说,捕鱼,但不是捕鱼来吃,是生态治理。前些年,正是藏文化这种基于对最软弱生命的怜悯,引来了许多人,甚至许多内地人来此放生。可惜他们放生的不是本土鱼种,而是来自内地的鲤鱼草鱼之类。本是行善积德的放生行为,却因为生物学上的无知,在高原不少水系中造成了严重的生物入侵。放生的外来鱼类繁殖力强盛,给本土鱼类造成了灭顶之灾。现在这两艘橡皮艇,就是在捕捞这些入侵的鱼类,还高原湖一个原生的生命系统。

湖边沼泽是黄色花的世界:金莲花、云生毛茛、钟花报春。

在村委会喝一杯茶,我们告别卡萨湖继续上路。

绕过湖对岸那道平缓的山梁,广大纵深的峡谷两边,群峰陡起。这是大雪山山脉的一段,《炉霍县志》中,这条纵贯县境的山脉还有一个本地名字:牟尼芒起。我们沿着一条湍急奔涌的溪流向着山中森林进发。

经过一片片田野,一个个村庄,我们不断向上接近真正的森林地带，如果不把溪流两边的以高山柳、沙棘和桦树为主，其间也耸立着一些云杉与圆柏的混交林带视为森林的话。

公路转向了，斜切向山鼓突的腹部，把溪谷抛在谷底。斜射的太阳形成了一道倾斜的光幕，增加了峡谷的纵深感。我们停在了一片点缀着鲜卑和绣线菊灌丛的草地上。那是山腰上一块突出的平台：北边光幕后的山坡满是墨绿的云杉和冷杉；南面山坡却是一片明亮青绿的草甸。这是山中常见的景象，以道道山梁为界，一阴一阳，阴坡满被蓊郁的林木，阳坡是可供牧放牛羊的草甸。阳面草坡顶上，是裸露的岩石峰峦。岩石中氧化的铁，给那些山峰染上深浅不一的红色，当地人把这样的山叫作画山。山半腰还突出一个泉华台，那是泉水中溶解的钙凝结而成。泉华总是造成一些山间奇观。这个泉华台有相当年纪了，乳黄的表面已显出苍老的黑色，大小不一的水流正闪着亮光从那些悬垂的钟乳石上淅沥而下。我说，泉华台上面该有一眼或若干眼温泉。主人回答说，是。当地百姓常去温泉中疗治好几种疾病。而在我们西面，是一个凹陷的小山谷，四周环绕云杉和高山杜鹃，中间牧草青碧。湿地中四散着牦牛群，还有牧民的小石屋和宽敞的牛栏。我问地名，答说，天上牧场。我明白了，这也是主人要引我前来的，列入了旅游规划的地方。我成了这个规划所要咨询的对象之一。要修建土拨鼠酒店和环湖步道的卡萨湖是这个规划的序篇，这里才是核心要点。牧场旁边，规划中是一个露营点。然后，我猜出来了，从这个牧场去往有温泉的泉华台，把那条现成的横切斜升的小路，稍加开拓，就是一条对普通游客来说长短适度的徒步路线，通向高山温泉。

我只提出一条建议：开发适度，不影响生态与景观，建真正的露营地，真正的徒步线路。

我说，原来这里也要打上一颗金钉子了。

答说，要真能打上一颗金钉子就好了。这里是长江上游，生态保护任务重，旅游开发，在传统农牧业之外，几乎是唯一的发展选项。一个旅游项目开发成功，就是当地经济的一个增长点，也能缓解当地的就业压力。一个项目成功，也可视为在一县版图上钉上了一颗金钉子。

其实，金钉子是一个地质学术语，本是指地理学通过地表上出露的不同岩层来标注不同的地质年代，为地球四十多亿年的漫长历史标注出层递的时序。这样的金钉子，在全世界已经有六十余处。我在湘西花垣县，就是沈从文写《边城》的那个地方，见过一处。地名叫排碧，那里出露的岩层是从5亿年至4.5亿年前的海底升上来的。最近，网上有消息说，国际地层委员会认为，地球已经结束了开始于1.17万年前的最新地质纪年全新世，进入了一个因人口增长和经济高速发展，足以大规模改变地球面貌的全新的地质时代，叫作"人类世"。于是，就要在全球选择一个地方，打下这颗标志一个全新地质时代的金钉子。在考察了全球九个备选地点后，终于确定金钉子的位置在加拿大一个叫克劳福德的湖泊。

我想，当眼下这样一个僻静辽远的地方，因为人类发展的需要被规划，其开发规划被如此广泛讨论的时候，所谓"人类世"确实是到来了。

我一个人转向大山的阴坡，进入森林。

我要用这里丰富的多样性驱离在可可西里荒原的两周时间里，其连绵不绝的单调给我造成的有压迫感的过于强烈的印象。

起初，森林比较稀疏，云杉树新萌发的针叶与树干上沁出的松脂香，使我嗅到了蓬勃的生命气息。发明了动植物分类系统的林奈进入北欧的森林时，曾经这样写道：

"所有的植物都破土而出，所有的树木都不再沉默，长出嫩芽！"

"所有的生命变得活泼而快乐！"

确实，一株株长出一蓬蓬新鲜针叶的云杉，正在用四散的松脂香表现快乐！

再深入一些，便遇见了白桦。可以倾听一棵白桦树，不是听鸟在枝头鸣啭，不是听风吹动刚展开的新叶。我把耳朵贴近树干，似乎真能听见水正顺着树皮底下的脉管汩汩上升。身上没有小刀，我像一个原始人类，用地上一块带锋利刃口的石头，半削半砸，在树皮上开出一道斜口，果然，树身中立即就有清香的汁液渗出。摘一段中空的草茎，对准那道斜口啜吸，口中立即充满甘甜的树液。

旁边的老樱桃树周围长着一片满被金毛的蕨。

林下还有开花的草本植物。深紫色的锐果鸢尾。白色花的东方草莓。鸢尾三片狭长的花瓣。野草莓是五片椭圆的花瓣。花瓣环绕的，当然是它们的生殖中心：雄蕊和雌蕊。今天，我们遇见这样的花朵，便能按纲、目、科、属、种，分门别类，迅速识别，仰仗的是林奈创立的分类学架构。两百多年前，这个庞大的系统未曾建立之前，只依赖有限经验，进入森林，一个人应该会一片茫然。但是，1792年，面对植物的蒙昧时代就宣告结束了。年轻的瑞典人林奈闯入了这个世界。他天才地意识到，这其实是一个两性的世界。他写下了这样的文字：

"我将讨论一个伟大的类比，即动植物均以相同的方式繁殖后代。"

他注意到，春天到来，动物们都感受到"性的渴望"时，"植物们也感受到了爱的气息。雌株和雄株，甚至雌雄同株的植物，都开始举行它们的婚礼，展露出它们的生殖器……"

这个生殖器，就是植物的花朵。

眼下，在两株杉树和一丛白桦下面，两种植物，锐果鸢尾和东方草莓已进入了花期。一丛乌头，和一丛攀爬在柳树上的铁线莲花朵还包裹在花蕾中，等待绽放。林奈在最初的观察笔记中写道："对于生育而言，花朵的花瓣并无实际意义，只作婚床之用。难以想象，伟大的造物主竟有如此华丽的安排，用如此名贵的床帏作为装点，并辅以众多浓郁甜蜜的味道。新郎和新娘得以在此更加庄严地庆祝它们的婚礼。婚床备好（花瓣展开）之时，也是新郎拥抱挚爱，缴械投降之时。"

新郎当然是那些身材细长，头顶花药（精子）的雄蕊，而丰腴娇嫩的雌蕊总是躲在雄蕊中央。

在当时的社会气氛中，这样描述植物是需要勇气的。因为把植物的开花与动物（包括人）的性生活等同起来，会惹怒很多道德家。他们义正词严地责问：难道我们在花园中，在大自然中观赏花朵，这样高雅的行为竟然是一种窥淫的癖好？再往下，他们自然还会产生一夫多妻,一妻多夫,甚至是近亲乱伦的联想。果然,林奈的"性体系"一发表便遭遇猛烈的攻击。但这种系统解释了植物界秘密生活的学说,也得到了越来越多人的拥护。

1730年,还是一位大学二年级学生的林奈便得以登上大学的讲台。这一年,他一边授课,一边参考植物花朵中雄蕊与雌蕊的数量,以及相对位置,对植物进行系统性分类。以后,这种方法经过不断完善与补充,成为至今仍然行之有效的分类方法。

现在,我坐在树下,面对着一株鸢尾和一片草莓花,拨弄,并仔细观察花的中央部分。其实,我已经观察不到什么新东西了。所有已经命名的植物,该描述的都在植物志中描述过了。我只不过煞有介事地模仿一个植物学家的样子,按林奈发明的方法在观察一朵花罢了。但我确实看到了精巧的结构,秘密的机关,和某种渴望。我敢保证只是在观察花的美丽,很多联想,但确实没有性的联想。联想很丰富。联想到达尔文,进化论。联想到大陆漂移学说的创立者魏格纳,不然我们无从解释青藏高原这些群山在六千万年前为何从海底升起。联想到洪堡,没有他的理论奠基,我们就无法理解为什么在不同的海拔高度上,会产生不同的植物形态与种类。

这是我愿意深入一片森林,而不只是站在路边稍作瞭望的原因所在。而自然界本身并不太欢迎人类的进入。有一只噪鹃,不断地在枝间跳跃,大着嗓门不停啼叫。它是在抗议我这无端的闯入者。

我不管这个,继续爬高,继续往林中深入。

密闭的杉树林高耸的树冠与枝叶相互交错,遮断了阳光。林下生物减少。灌木消失，草消失，只剩下苔藓，和干枯的针叶。几十米高的上方，树冠层上，阳光明亮，光合作用轰轰烈烈；下面，却死寂般宁静，只有那些老龄期的杉树裸露在地表的根，虬曲游走。

突然，明亮的阳光照入了光线黯淡的森林。那是因为一株起码有两百岁的老杉树倒下了，曾经被它的树冠与层层枝叶笼罩的地方一下向天空敞开，成为一片林间草地。草茂盛碧绿，有鹿来过。鹿喜欢早起吃带露的青草。松软的黑色腐殖土上有鲜明的蹄印，还有好多药丸状的新鲜鹿粪。

每一片这样的林间草地，都是一个光的湖泊，荡漾着世界上最明净的阳光。所有存在，所有事物，都闪烁着宝石般的光亮。

好几种植物正在开花。

木本是几丛灌木，都是忍冬科的，是茎皮显得粗糙，枝上花朵成对排列的两种忍冬：刚毛忍冬，唐古特忍冬。忍冬科算不得一个大家族，但在温带地区分布广泛。其中驯化的一个种，中国人用来做清凉饮料，叫金银花。其花初开时洁白，将近凋零时就变成金黄色了。我这样在山中成长的人，对忍冬科植物有来自少年时代的亲切记忆，不是因为它们的花，而是花谢后结出的汁液饱满的浆果。

刚毛忍冬果大，红中泛黄，味道却稀薄。

倒是唐古特忍冬，果子小，但味道浓烈，俗名叫羊奶奶泡。奶奶，这两个字在四川话中读作平声时，是指乳房。泡，也读作平声，泛指可以食用的野生植物果实。聚合果的野草莓与覆盆子是泡，忍冬的浆果也是泡。忍冬果实成熟时，少年们进入森林，去讨吃羊奶奶泡。这种饱满的红色浆果上有两个小小的乳突，使它们看起来更像乳房。但对馋嘴的少年来说，用这个形象的土名称呼这种忍冬的果实时，并没有性方面的意味与暗示，唯一的吸引是黏滞在唇齿间浓郁的甜蜜。

眼下，忍冬果期未到，正在开花。它们的花朵都成对悬垂，吊钟形，泛着娇嫩的乳黄。悬垂的状态使它们看起来那样安静，是钟形，却不想发出一点声响。又想起林奈的花朵是婚床的话来，那么，这两种忍冬花设置的婚床却很隐秘，深钟状的花形把雄蕊与子房都笼罩在深处，既看不到羞怯娇嫩的雌蕊（子房），也看不到多数的雄蕊急于抛洒花丝顶端的花药。在这一点上，它们不像刚才遇见的，把一切都大方展露在阳光下的锐果鸢尾与东方草莓。

我坐在一段枯木上，面对着它们。各种草木反射的光将我笼罩，各种草木的气息将我包围。此时此刻，我感到了大自然的亲切抚慰，而不是可可西里荒原上雄阔的单调所造成的那种压迫感。可可西里，洪荒中的生命显示坚韧的力量。而在这里，一切都蓬勃美丽地生长，阳光明亮，空气湿润清新。这是家园。人的祖先是从森林里走出来的，现在，我又回到森林中了。我在枯树干上躺下来，仰面看见蓝色天空，四周是杉树的尖顶围成的美丽镶边。

鸟鸣。

轻风。

蓝空深处白得发亮的云彩。

每一棵树，每一片草叶，都在发生光合作用，都在呼出氧气。都是抚慰，而不是压迫。

走出森林,我回到等待我的人们中间。

我们继续往山上去。刚开辟一两年的公路,面对着对面山坡上的蓊郁森林,在灌木丛生的阳坡上盘旋上升。因为还未铺装路面,车要开得小心一点,不然尖利的砾石会扎破车胎。在唐古拉山,在可可西里,类似这样的路面上,不时的爆胎、换胎、补胎常常耗去我们很多体力与时间。

海拔不断升高。灌木的分布也在不断变化。小檗与鲜卑花越来越少。花楸出现,已过花期的某种阔叶杜鹃出现。再往上,就是高山杜鹃灌丛地带了,这些开紫色繁花的杜鹃也过了花期。没有花,就难以确定它们的种了,可能是雪层杜鹃或者头花杜鹃。杜鹃丛中还点缀着一丛丛鬼箭锦鸡儿,满枝尖刺护卫着枝上盛开的花朵。鬼箭锦鸡儿,顾名思义,鬼箭是尖刺,花却漂亮得像山间最美丽的飞禽锦鸡。这种植物刺多,且坚硬锋利,不小心碰上,定叫人皮破血流,因此在民间得一个俗名,叫鬼见愁。但它的花,在豆科植物的蝶形花中却最为美丽。旗瓣与翼瓣都大方展开,花瓣上的颜色也娇媚可喜,在白与红间形成许多过渡美妙的粉彩。

一直上到山口才停留下来。这里已是海拔四千六百米的高度,灌木丛消失了。爬上山口旁边一座浑圆的小山头,对面耸立着一座更高大的山峰,冰雪已经化尽,如果带上望远镜,可以看到山岩间的岩羊和下方森林边缘的鹿群。后悔没带一架无人机上来,不然可以放飞了替我们抵近观察。那些悬崖上一定还有不少鹰巢。山的两边,一南一北,都是深切的峡谷,峡谷中是水流丰沛的溪流,都朝着东南流往县城方向。

远望良久,才反身观察脚下这座到处都有岩层出露的山头。

岩层的皱褶间，积着厚薄不一的砂土。它们是由这些岩石风化而成，却没有被风吹走，被雨水和融雪水冲走，依赖的是众多草木植物。这些草的根须抓住了这些砂土；它们的枝叶，遮蔽了这些砂土；它们枯萎的花瓣与落叶形成的有机质，肥沃了这些砂土。

所有的草都在开花。

贴地的矮生决明蔓延的范围最广，豆科植物，典型的羽状叶丛，捧出一朵朵明黄色的蝶形花。

两种银莲花。花葶挺拔，花朵蓝色的是展毛银莲花。叶片平铺地面，斜升的茎举着白色花朵的是叠裂银莲花。共同点是它们的五片花瓣都向着天空展开，在这样的婚床上，雄蕊与雌蕊的生殖交欢都完全展露，它们自己不能动弹，授精与受精都需要助力，它们在阳光下，等蜂来，或等风来。

最大丛的是康定鼠尾草，成束成串的蓝色花排列整齐，花冠是个深喉，开口是肉感的唇形，隐约露出里面淡黄的雄性花蕊。

两种马先蒿。

一种景天。一种虎耳草。一种大黄。一种圆叶山蓼。一种芥。还有刚扎根不久的伏地灌木，是金露梅，刚刚抽出四五根枝条，上面展开圆形的小叶，看来还未到开花的年纪。

已是正午时分，坐在山顶，阳光从头顶瀑布般倾泻而下。陪同的主人有催我起行的意思。下山路上，还有节目，去卡娘乡政府午饭，去看一个发现过古人类头骨的几万年前的山洞，去另一个乡看一座颇具规模的乡村图书馆。但我的感觉中，停留炉霍县两天时间，此时便已达到了高潮，虽然腹中饥饿，却不想那么快就离开。

此时，一朵雨云正向我们飘来。

这朵身量比一座山还高大的云正在天上迅疾移动，大片的云影投射在地面，拂过峡谷、森林和草甸。它的峰顶洁白，被阳光透耀；底座却是乌黑的，里面还有闪电在蜿蜒。它到了我们的头顶。瞬息之间，豪雨如注，赶紧跑回车里。雨水迅即模糊了车窗，急雨敲打喧哗，周围变成了一个声音的世界。也就十多分钟吧，那朵云飘向另一座山头，阳光重新照亮大地，鸟鸣声起。

这时，我特别想听听贝多芬的奏鸣曲《春天》。听钢琴声像阳光闪耀，听小提琴吟唱如溪流潺潺。如果更雄浑一点，该是科普兰的《阿巴拉契亚之春》。但这里没有手机信号，调不出这些曲目，我只好让这些熟悉的音调在脑中轰响，看着生命力勃发的原野，旋律如山脉起伏，如河流蜿蜒。一切都通向纵深与宽广，吟颂，赞美，旋律华美铺陈，是更宽广的纵深，是更纵深的宽广。

我要记下这个时间，2023年6月23日下午一点。

去有风的旷野

To the windy wilderness

大凉山访杜鹃花记

小 相 岭

站在岩石裸露的山脊线上，眼见都是起伏群山，滔天波浪凝固，是亘古以来，曾经响彻洪荒的声音突然静止。

风在吹，有声。鸟在叫，也有声。

但感觉中，依然是无边的寂静笼罩，胸臆被群山的波涛充满，高空中急风催着白云翻卷。

腕上的表，显示时间：上午11时；显示海拔：3453米。表上还有一系列数据，气压、气温、心率与血氧量，都略过。面对着裸露的花岗岩，想问：多少岁了？当然，是以亿年计了。

清早从越西县城出发，西南行，上山，到了山垭口，公路转而向下，扎入安宁河谷地。在垭口停车，顺着山脊，我向右手边的峰顶攀爬。到了顶上，西北方向，又耸起一座更高的山峰。更远处，逶迤山脊的尽头，是这一列蜿蜒山脉的最高峰，名字是彝语译音：俄尔则俄，海拔高度4500.4米，却不知道脚下这座山峰的名字。这座山峰，只是这个山系数百山峰中的一座，更大可能是本就没有名字，于是，瞬间感到迷失。

大的地理是知道的。这道山脉，是小相岭。我现在是身在其中一座峰顶，左右参差着诸多山峰，面前身后，则是沟谷纵横。这东西向绵延一百多公里的小相岭，是西北方更加高耸阔大的大雪山山脉的余脉。大雪山山脉南北长四百余公里，主峰贡嘎是四川最高峰，海拔7556米，号称"蜀山之王"。如此雄阔高峻的大雪山山脉，又只是横断山系诸多山脉中的一道。

东北方向，深切的峡谷中，有一条大河奔流，是大渡河。大渡河西北，是另一列山系，叫大相岭。大相岭东北，是四川盆地。

大相岭和小相岭两个山系得名，都与蜀汉丞相诸葛亮有关。三国时期，诸葛亮辅佐刘备经营蜀汉，不断兴兵，意图越秦岭北出中原，同时还苦心孤诣，经营后方，即成都平原背靠的这片崇山峻岭，从《史记》开始就称为"西南夷"的广大地方。诸葛亮在《出师表》中说的"五月渡泸，深入不毛"，首先就得经过大相岭和小相岭。这两条山脉就因诸葛亮当年率军穿过而得名。早上，上小相岭时，半山腰田舍村落处，有一处古屯兵遗址，一些残留的石头厚墙，叫登相营，正是当年诸葛亮筑城屯兵之处。

此时，山下深谷中，已是五月春深。樱桃红了，枇杷渐黄。

在这高山上，裸露的岩石间，草甸才刚刚返青。草甸上，巨大花岗岩四处横卧，岩石间是一丛丛小叶杜鹃。这些杜鹃，应该不止一个品种，但花未开放，难以辨识。为了防冻，它们枝上细密的小叶，在冬天都尽量脱去水分。大地回暖，它们拼命吮吸，灰褐的叶子又变得绿意盎然。花蕾大小如豆，密集饱满，再过一周左右就会开放。再寻其他野花，也未见开放。比如报春，看见了它们新生的莲座形的叶子，也看见新抽出的三两茎花葶，但花尚未开。还看见了蔓生的某种越橘。我们常说的杜鹃花，其实是杜鹃花科下的杜鹃花属。越橘也是杜鹃花科中的一个成员，却另是一属：越橘属。夏天开一簇簇繁密小花，秋天结成众多豆子大小的蓝色浆果，是鸟和兽秋天的美食。在北美，将其驯化优选，已是一种普通的水果，即超市中常见的蓝莓。

前两天，在山下我们单位负责帮扶的村子，遇到一个省农科所的专家，他在这一带山村行走，调查土壤、阳光和雨水等情况，就为寻找适合引种蓝莓的地方。前几年脱贫攻坚，山中有些村子就是靠引进新的养植品种而得以摘下贫困帽子。我见过的，比如外国来的油橄榄，比如浙江来的白茶。现在和脱贫攻坚无缝衔接的乡村振兴，仍然要靠引种蓝莓这样的经济作物为村民开辟收入来源。

我们单位帮扶的那个村子，在山谷底部，土地平整连片，用山上下来的溪水建起了灌溉系统。过去广种玉米，如今更多种植经济价值更高的烟草。烟草和玉米都是来自南美的植物。这一带的高半山上，广泛种植的土豆，也来自哥伦布们发现的新大陆。这些植物，都是在明末以后，才陆续进入这些地方，产量高过本土的荞麦与小麦，由此带来人口的大幅增长。这些地方，还盛产石榴。石榴有土著品种，而这些年来，经济成效显著、不止一县大面积种植的，却是来自域外、个大饱满的突尼斯软籽石榴。烟草和石榴开花时节，又使种植业同时具有了观光价值。

结束了村里的工作，今天，我上山寻花。高处风寒，花未开放。回到车上，在盘山公路上下行五六公里，隔着一条溪流，看见对岸几面山坡,都是盛开的杜鹃。

踩着一些巨石跳跃过溪。

然后,人就在那些布满向阳山坡的花树跟前了。浓烈的花香立即就四合而来,还带着丝丝缕缕的甜味。我只管旋转变焦镜头,将快门不断按下。一树又一树,总有一树更加华美;一枝又一枝,总有一枝更加绚烂。就这样,穿行于花树中,不觉间就爬到了坡顶。终于感觉累了,但还停不下来,喘几口气,换一只定焦的微距镜头,微观呈现局部构成之美,细细拍摄。

眼前这种杜鹃分布广泛,从云南西部和西藏东南部,一路向北蔓延,这小相岭南坡,似乎就是它们抵达北方的最远边界。

行前做功课,细查过《植物志》,从地理位置就知道大概率会遇到这种杜鹃花。此时正好比照《植物志》上描述的诸多特征,一一辨识。

树,低的半米一米,高的四五米。如此身量的杜鹃花也不止一种,这只是符合了第一个特征。

第二个特征,在枝,即新枝与老枝不同。这种杜鹃,新枝绿色,表皮光滑;老枝褐色,翻起灰白鳞皮。

观叶。植物学关于叶的形状描述术语太过专门,略过不说。总之,又符合。最显明的,是叶上黄绿色的中脉,上部稍凹,下部又凸起。隐约的侧脉,大部分为一十八对。

最要辨识的是花。这些盛开的花朵,密集成团聚合枝头。每一团都有定数,八至十朵。每一朵都是漏斗状,浅红或纯白。初开时泛着浅红,盛开或即将凋谢时就变为了纯白。

已经知道这是哪种杜鹃花了。但还得摘下几朵花,坐下,清点花朵中发丝般的雄蕊。一朵花中雄蕊数量的多少，竟成为区别不同种杜鹃花的一个重要特征。太专门，也太枯燥，也略过不表。

总之，现在终于可以确认眼前成千上万株开满繁花，将香气布满旷野的这一种，就是久闻其名，而第一次得见的大白杜鹃了。

遭逢这片花海时，天还阴着，现在，忽然间云开雾散，强烈的高原日光径直射来，一树树繁花似乎都轰轰地燃烧起来。

我退远一些，不再纠结于植物分类学，来观赏这片高山花海，以及花海后的松林、群峰和蓝天。无论是局部还是整体，都很美丽。一朵花，是精巧之美；满山花，是雄浑富丽之美。

想起英国自然文学家罗伯特·麦克法伦在《荒野之境》中的一句话："树林铺展在大地上，一片沸腾的生命。"他还有一句话，也是在这本书中说的："荒野可以使我们恢复本性。"其实，我并不确切知道自己的本性是什么，但有了这样的词句，人就会以为自己接近了某种哲学境界。

能够不时地进入富丽堂皇的自然课堂，领受大美，我很欣慰，欣慰自己能从浓烈花香中，从风中，聆听到大自然至美至善的伟大教诲。

大白杜鹃，你好！大白杜鹃，再见！

下到溪边，发现了一条路。

是人工芟去了杂草树木，而重新显现出来的一条路。一米多宽，用比较平整的石头认真镶嵌。那些石头，表面相当光滑，那是距今至少七八十年，甚至几百上千年的前人的双脚所打磨出来的。一些石头上，还留着深深的马蹄印，那是过去时代，无数马蹄反复踩踏的结果。

无意之间,我发现了一段古道。

我顺着缘溪而上的古道再回身爬向山口,不过三四里地,古道又消失在荒芜的丛莽之中。我用溪水洗去脸上的汗水,坐在一丛开着白花的蔷薇前休息。面前,溪流两边的湿地中,还开着好多黄花鹿蹄草。

这段古道应该就是古代沟通云南与四川的灵关道。起点是四川盆地,成都。汉武帝时,《史记·司马相如列传》记载:"司马长卿便略定西夷,邛、笮、冉、骁、斯榆之君皆请为内臣。除边关,关益斥,西至沫、若水,南至牂柯为徼,通零关道,桥孙水以通邛都。"

沫水,是小相岭北的大渡河。若水,在此山脉更南边的大峡谷中,是金沙江。司马相如确实来过,"通零关道",上此山,又下此山,又称灵关道。"桥孙水",其架桥过渡的孙水,就是西南方山下隐约可见的安宁河。

那时,山下河谷中生活着一个族群,称为"邛"。再往南,生活着一个善于编制竹索为桥的族群,称为"笮"。如今这两个族群都消失不见,这条道路却依然存在。这也是当时陆上南方丝绸之路的一段,节节延伸,至缅甸和天竺。这条路,唐军走过,南诏军走过,元代最终将云南纳入中华版图的蒙古大军走过。

路是彼时所开,而路上这些石头,应该是清代重新整修铺装过的。那时这条路又有了一个名字,叫作清溪道。当年红军北上,也有一支队伍走过。十多年前,距此两百多公里的大渡河边,我曾遇到一支"红二代"的队伍,他们重走长征路,追寻父辈当年的足迹。我就和他们一起,由当地人引路,走过另一段经发掘而重见天日的清溪古道。

铺路的石头有两种。花岗石依然坚硬粗糙,大理石却被无数双脚打磨得十分圆润了。

今天所走的这段古道,在小相岭上,越西县和喜德县之间。多年前走过的那段古道,更往北一些,在甘洛县,路上经过一个古镇,名叫海棠。

邛　海

下小相岭,从喜德县西北一角经过,出了山,就是一马平川了。

安宁河在群山间冲积出一片南北向的狭长平原,面积六百多平方公里,是四川省第二大平原。在山脚,越过成昆铁路,上高速,便行进在安宁河平原上了。安宁河从北向南流淌,山脉退向东西两边,翠绿平整的稻田间,村舍俨然,从山上的春天,倏忽间又回到了山下的夏天。

凉山州首府西昌市在望。

西昌城东南,有一个美丽大湖,邛海。地质史上的更新世早期,即一百八十万到一百六十万年前,由地质构造断陷所造成。构造断陷,就是一块地面,或许是一座山,或许是一片高原,陷到地底下去了。大地断陷,造成的不只是周长三十多公里的邛海,也造成了安宁河谷。又拜百多万年来的水流运送的泥沙淤积,造成这肥沃的平原。以前连接在一起的群山,如今隔着平原遥相瞩望。

打电话，告诉州文旅集团老总，要住他们的邛海宾馆，而且指定要住索玛楼。那边笑了，你不是一向随便，这回却要指定？我说，晓不晓得，我这回是来看杜鹃花的，所以想住索玛楼。索玛，彝语，就是杜鹃花。再打电话，约一朋友，叫他带要送我的《宁远府志》来。说是在外出差，明晚才能来。那就明天晚上。宁远府，清代行政区划，辖今凉山州一部，府治即在西昌。

入住宾馆，开窗便见邛海浩荡波光，湖上游船往来。

享用主人备好的当地时令水果，权当误了的午餐：深紫桑葚，嫩红樱桃。此时已将近下午五点。

小睡一阵，去湖边行走。

行过一些叶片颜色发灰的榄仁树，有材料说是殖民时代从法国传来。沿路还有许多高大的银桦，一百多两百年前来自澳大利亚。来自同一个地方的还有树冠巨大的桉树。又行过一些花色比蓝天还梦幻的蓝花楹，这树也不是本地植物，我在非洲南部的荒野上见过。今天，中国城市，人工种植的树木花草已经非常国际化了。

要置身本土植物世界，得往湿地深处去。

很快，密集的苇丛出现，满是荷与菱的水塘出现。几只骨顶鸡在水中闲游。夕阳西下，将杨树与柳树的影子投在水上，木芙蓉站在堤上。绕过长堤短堤，开阔的湖面上，随着浪涌起伏着一片片金黄色花。花朵不大，却多不胜数，在夕阳辉映下灼灼闪耀。我就是来看这些花的。这是《诗经·关雎》中歌唱过的植物：荇菜。"参差荇菜，左右流之"的那个"荇菜"，睡菜科，根扎湖底，圆形绿叶，大小如杜甫诗写"点溪荷叶叠青钱"的初生荷叶，如充了气一样饱满，连带着把横走茎也从水底拖上来，浮在水上。每一横卧的茎节上，由几片绿叶衬托着，开出一朵或两三朵金黄色花。花瓣五裂，都是朝天的小喇叭，不出声的小喇叭。不出声也显得音色嘹亮，在五月的湖上，我坐在堤上，直到太阳沉落，天边涌起淡淡的晚霞。湖上群鸟飞过，湖西北的西昌市区，亮起灯火。

晚饭湖鱼切片，还有刚上市的当地特产——鸡枞，一种鲜美异常的蘑菇，也切成片，在沸腾的汤锅中开涮。

同时确定第二天的行程，出西昌，南行，略偏东，去普格县，上螺髻山。

螺髻山

小相岭是大雪山山脉余脉。

螺髻山，又是小相岭的余脉。更新世时，因地质构造断陷，表面上看，小相岭与螺髻山，被安宁河平原彻底断开了。

早起上路，沿邛海行几公里，就上了松树密布的泸山。邛海海拔1510米，现在高度又随盘山公路的往复盘旋节节升高，很快就上了山梁。东南方向上，一道宽阔的峡谷猛然敞开。迎风的缓坡上，松树变得稀疏低矮。宽谷中梯田层层，果园密布。棕黄土墙的农舍是老的，白墙的农舍是新的。道路边立着好些高树：油桐树和白蜡树，以前都是重要的经济作物。桐油和白蜡都是前工业时代的重要生产资料，如今这些树的价值却只在生态上了。

宽谷的右前方，就是陡然拔地而起，一派青黛的螺髻山。

别的山系，都是众峰参差，纵向逶迤。螺髻山山势却大不相同，看起来就是一尊巍然安坐，肩背宽厚，腰腹粗壮，以森林作披风，表情沉郁的大神。古籍中说此山纵长九十九里，宽七十余里，共有七十二峰。现代卫星遥感精确测量，此山面积共2400平方公里，高度超出4000米的山峰共五十四座，簇拥着直插云天。螺髻山得名，是古人将这些山峰视为佛头上的螺髻。眼下，晴空万里，山体下方的阔叶林带新绿鲜明；山体上部，针叶林带却墨绿深沉。

河流与公路都绕山而行，山的腹心区只能徒步进入。我只有一天时间，只好去开发的景区，坐缆车，上升，上升，掠过那么多阔叶树开张的树冠，掠过那么陡峭的悬崖。那些在悬崖上筑巢的鹰与隼，平时对它们只能仰望，现在，它们却都在下方盘旋。

缆车到站，植被大变，四周参差着高大的云杉与冷杉，其间是花楸、红桦和杜鹃花树。也就是说，这一趟缆车，已经将我从亚热带的河谷带到了海拔三千多米的寒温带森林中了。在地理学上，这叫作垂直气候带。一座高山，三四千米落差，往往也就对应着三四个气候带，相当于在地球表面，由南向北横跨几十个纬度。螺髻山处于北纬27度，眼前却是北纬50度左右的植物景观。纬度1度，是111公里，这一千多米的上升，相当于从南向北跨越了将近三千公里。横断山区生物的多样性，正是由这一千多米的高差上不同的气温与水汽条件所造成。更形象一点说，这一千多米的高差，就使人从夏天又回到了春天，从五月回到了三月。

我站在高山湖泊的出水口前，看清澈的湖水漫过岩石，飞珠溅玉，跌下陡峭的崖壁。应该有很大的水声，但没有，都被四周茂密的森林吸收殆尽了，只有清凉的水汽在四周弥漫。

还有一个地理常识，海拔每上升100米，气温下降0.6摄氏度。这一上来，气温已下降将近十摄氏度了。

宋人有诗："山深自无暑，五月草树寒。"

我脚下就是一片峭壁。高山湖泊中溢出的水，在此飞坠而下。几树扎根在崖缝中的杜鹃花从石壁上斜探而出，枝顶都是耀眼的繁花。一树紫红，一树粉白。其中一株，我认得出来，是大王杜鹃。资料显示，这山上的杜鹃共有三十余种，现在我看见了两种，还有一种是植株稍矮的、花朵浅碟状的秀雅杜鹃。

越过一面被第四纪冰川打磨得十分光滑的崖壁后，几乎壁立的山势一下平缓了。一个波光粼粼的湖泊出现在眼前。视野一下变得开阔，色彩沉郁的冷杉林在缓坡上绵延铺展。湖上还有小岛，上面丛生的灌木，是会开乳黄花的忍冬与白花的绣线菊，但都还未到花期。

林中溪边，还有一丛丛岩白菜抽了薹，开着粉红的花。但我更多的注意力还是在杜鹃花身上。

绕湖行四五里，就发现好几种认识的杜鹃花。再行两三里，就在密林掩映的湖边，发现了一种新的杜鹃。那是一株斜向湖面的高树，趋向阳光的一段段高枝上，簇拥着质感温润如玉的黄色花团。说是花团，并非夸张。我凑近最矮的枝子，数了一数，一团花竟多至二十五朵。《植物志》上说，这种杜鹃，每团花有十五至三十朵之多。近乎圆形的革质叶片，还有树身的高度，也都符合《植物志》上的描述。是的，这就是杜鹃花科杜鹃属下的一种，以其花色，命名乳黄杜鹃。

在低海拔地带，杜鹃花瓣大多菲薄，其质如纸。高海拔地带，低温逼它们进化出防冻的功能，特征便是叶片增厚成革质，花瓣增肥，温润如含脂的玉石一般。杜鹃花色，深浅不一的红色和紫色为多，黄色花相对少见。乳黄杜鹃是我见过的第三种。还有两种：问客杜鹃，在峨眉山见过；黄杯杜鹃，在丽江山中见过。

这一回，两天时间，又逢着了三个杜鹃花新种：大白、大王和乳黄杜鹃。再寻，可能还会有新的遇见。横断山中分布的杜鹃花据说共有三百余种，一时也难以穷尽，此一行就到此为止吧。

我在湖边坐下来，就坐在一树乳黄杜鹃前。身后，是蓊郁的森林；面前，是一汪湖水，映照着蓝天，映照着天上的流云。两只名叫鹬鸰的水鸟停在水中石上，它们的姿势很特别，头探向湖面，尾羽朝天不断摇晃。

忽然听到背后有人说话，用植物分类学的术语说我背后那树杜鹃。那声音很熟，转过身，真是一个熟人。方振东，植物学博士，在云南香格里拉开办了一个高山植物园，多年来，致力于引种驯化高山植物。我不止一次去他的植物园参观，和他就生态问题有过深入交流。这一回，他是从香格里拉一路北上，到横断山中寻访杜鹃。

不期然的遇见使人欣喜，奇的是，他退休在家的爱人，居然背着孙子，也和他一起在山间跋涉。我当即往山下打了电话，叫宾馆备几个菜，晚上要和他面对邛海夜色，一起把酒说话。

酒店备了邛海中的活虾，用酒醉了。一位当地朋友，派人送了他公司的新产品——用石榴汁发酵提纯的高度白酒，刚入口，水果香就充满口腔，让人想起黄庭坚的咏酒诗《安乐泉颂》："得汤郁郁，白云生谷。"要送我《宁远府志》的朋友也带着书来了。

酒酣时，话题散漫。

有人说起，从此处往南，云南省一些地方，会用肥厚的大白杜鹃花瓣做菜。方法是花瓣小晒，脱去些水分后，再焯水去毒，凉拌或做汤，都很鲜美。我想我没有勇气尝试，因为许多杜鹃花都含有毒素。应该是十二年前了，也是五月春深时，在贡嘎山下，一个叫伍须海的湖边，见过杜鹃花凋零落满湖面，鱼都被麻醉了，肚子翻白，漂在水上。

话题却散而不乱，从当地历史人文，说到杜鹃花，又说到十九世纪晚期和二十世纪早期活跃于横断山中的"植物猎人"——英国人胡克和威尔逊、美国人洛克、法国人戴维等。其中福雷斯特一人，就从横断山中引种了两百多种观赏植物到英国。这些人中，威尔逊在横断山北段的岷山中被落石砸断腿，留下终身残疾；福雷斯特因心脏病发作于1932年死于横断山脉南端的腾冲。有一年，我去爱丁堡，没逛街，没参观文化古迹，所有时间都花在两个著名的植物园中。其中一个，是爱丁堡皇家植物园，园中有一座命名为"中国坡"的山丘，栽满来自横断山区的杜鹃花。在那里，我亲见福雷斯特引种的钟花杜鹃与大树杜鹃，已经在异国土地上扎根一百余年了。中国的横断山区和喜马拉雅山区，是世界上杜鹃花种类最多的分布中心，随着研究的深入，越来越多的人认为这里也应该是杜鹃花的起源中心。

比之外国，中国人对生物多样性的觉醒也晚，但一旦觉醒就奋起直追。比如上世纪二三十年代，中国科学社生物研究所的方文培先生就在横断山区，记录了百余种杜鹃花。今天，本是横断山中人的方振东们正在默默从事野生植物的引种与驯化。只是作为一个民营机构，能投入的资源毕竟有限，以至于今天中国园林中，人工栽培的杜鹃花品种，大多是从欧洲等地引进来的，足可引人感叹。

谷克德

早上醒来，想起昨晚我建议方振东去一个最近的地方，叫谷克德，但他早规划了另外的路线，我起床时，他们一家已经不辞而别。

于是，临时起意，再去谷克德。

这回朝的是正东方向，横穿过安宁河平原。公路盘旋上升，满山松林。上世纪六七十年代用飞机在荒山秃岭上播撒种子，五六十年后，已长成无边森林。

民国年间，西南联大教授曾昭抡先生，有一个壮举。他于1941年亲率西南联大学生十人，徒步考察大凉山，前后历时一百零一天。眼下所行的这条公路，正与当年他们行经的驿道重合。想起他《大凉山夷区考察记》（中华人民共和国成立后，"夷"字已改为"彝"了）中那些文字。在曾先生笔下，这座山荒凉光秃，没有多少树木。原因是乱世之中，部落械斗，盗匪出没，"大路两侧之树，则经烧去，以便通行"。

今天的我，沿公路穿过沉沉松林，直上山顶。快近山顶时，见到松树变矮，杜鹃花树出现，五十多公里行程间，海拔又从1500米上升到了3100米。曾昭抡先生书中，记山顶这处地方，叫七里坝。这也是我此行的目的地 —— 谷克德。七里坝，是汉语名；谷克德则是此地的彝语名字。

这里也是大雪山山脉的一条支脉，景观却与小相岭和螺髻山大异其趣。眼前，数条山脉浑圆平缓，曲折蜿蜒。向阳处是草甸，背阴处是矮松、箭竹和正在盛花期的杜鹃。蜿蜒山脉围出一个宽广盆地，湖泊、溪流，羊群散布在湖边草甸，湖水中央有野鸭浮游。如果再早一些，湖上会有北返的候鸟 —— 一些鹤类和大雁停留。谷克德，在彝语中的意思，就是大雁停留的地方。现在，候鸟的迁徙季已过，湖水倒映蓝天，加深的蓝色便显得有些空虚寂寥。春风起时，南雁北飞；等秋风起时，还会有北雁归来。

我驾车从西昌到此，不到两个小时。当年，曾先生和他的学生们，行走到此，已经是第四天中午时分了，具体的时间是1941年8月8日。

"一里左右，路改陡下，左边旋溯一溪而下。又一里，涉过此溪，溪到左边。再一里，在草地上停下休息。此处地名'七里坝'，距'燕麦地'约十二华里。"

"由七里坝行，方向仍向东北东，穿草地缓上。"

书中还记录了此地的地质和植物状况：

"自玄参坝到此爬的山，大体系由暗红色砂岩所构成，间亦杂有同色的泥页岩。"

"此时展望，四周平缓矮峰上，满长极小的蛮青杠树，其中杂以羊角树、小杜鹃及小松树。"

曾先生他们当年所走的小道如今已变成了柏油公路。

我离开公路，下到盆地中央的湖边。

湖水寂寥，湖周湿地上花却开得热闹。

鸢尾花和金莲花连片铺展，明亮的黄色构成主调。其间还有蓝色的龙胆和白花的鼠尾草，一两种红色花的马先蒿。

穿过湿地需要一点经验，才不至于使自己在沼泽中失陷，每一脚都要选择有草墩或灌丛的地方。太阳当顶，沼泽松软，穿过这片湖边沼泽，就两公里距离吧，却花去了一个多小时。不过，渐近山前，草地也变得干燥坚实，行走就轻松多了。山坡上，栎树、箭竹和松树构成的植物群落都贴地生长，而且都朝着一个方向。所指示的，是常年劲风吹拂的方向。威尔逊在分别垂直气候带时，在寒温带上再分出一条亚高山带。他说："这个狭窄地带多为沼泽地……这个地带被低矮的小叶杜鹃花和矮小的灌木所覆盖。"

威尔逊当年还观察到这个地带上植被建群种主要是"带刺的矮生栎""矮生灌丛"和"一些松属树木"，这和曾昭抡先生他们当年的记录也是一致的。只是曾先生所用的植物名是当地土名，不是规范的学名。四川话，青杠树指所有栎属植物，羊角树指所有常绿的大叶杜鹃。

就在这些低矮的密集植被中间，一树树杜鹃花正在盛开。奇妙的是，它们虽然也低矮，但总比上述那些植株高出一些，与我等身，或略高我一两尺，丰润的叶片绿得像是要沁出油来一般。这是又一个种的杜鹃花。我已来过此地两次，那时就肯定这必是一个以前没见过的新种，却都因为未逢花期不敢最后判断。现在，它们都开花了，很容易就可以认定，果然就是腋花杜鹃。

绝大多数杜鹃花，以花朵开放的位置论，都叫顶生。也就是说，所有花朵都是由一个生于分枝顶端上的花蕾中绽放出来。腋花杜鹃却不同，它是从枝与叶的接合部，也就是植物学上叫作叶腋的狭窄处生长出来。不光生于枝端，枝上部一些叶腋中，也都绽出花朵。三两个花蕾绽出的花朵攒聚一处，也一样是一个热闹的花团。加上枝柯密集交错，便成一树繁密的浅红锦绣，光焰照眼。

高山上的杜鹃花，可以分成两个大类。一类，是树形与叶片都大的；一类，是更高海拔处，植株矮小的小叶杜鹃。也因此形成大小两种花形，这些花形之间，近似度很高，以致造成分类的困惑。腋花杜鹃却很容易辨识：树形大小在前述两类杜鹃之间，花朵的大小也是一样，颜色也好，如海棠花一般粉白中自然沁出浅红，雅而不艳。加上花朵腋生，这个更加独特的特点，不致产生分类学上的困难。

这天，就顺着山脉，在牧人踩出的小道上，穿行于伏地的栎树、松树和箭竹之间，穿行在高于这些植物的盛开的腋花杜鹃中间。阳光通透强烈，花香被蒸发出来。风停时，香气四合而来，似乎还有真实体积可以触碰感知；风起时，香气飘散，又如某种空明状态，如梦如幻。

如此行走两个小时，将一条小山脉走尽，见它的尾端没入又一个湿润草甸。溪流蜿蜒，从四面汇聚成盆地中央一汪蓝色海子。似一枚蓝宝石吗？宝石没有如此渊深；似一片海洋吗？一个高山湖泊也没有海洋的宽广。我却爱这样的高山湖，因为其静止渊深，如一枚宝石晶莹安详。

如果我继续前行，穿过这个小盆地，再越过一道浅浅山脉，地势陡降，眼前会出现一道幽深宽阔的峡谷。红土坡上层层叠叠许多梯级的庄稼地，其间一些泥墙灰瓦的农舍。峡谷深处，有乡政府、小学校、卫生院，那个乡叫尼地乡。前一回来，我从另一条路下到谷底，去乡上歇脚吃饭，因此和乡上一帮年轻干部相识。那天午饭后，经不起他们怂恿，我们从乡政府爬上对面山岭，为的就是来看眼前这个湖。乡干部们惯爬山岭，又年轻气壮，我也不甘落于人后，弄得自己大汗淋漓。只好以教他们认识各种植物为借口，站在两种杜鹃和一种铁线莲前，擦擦汗，稍得喘息。

那一回，上了山站着观湖时，天气突变，大雨倾盆，山上也没有避雨的地方。我用防水的冲锋衣包裹相机，从头到脚被淋了个透湿。我们就在大雨中跑下山坡。晚上，守着一盆火烧烤土豆片与五花猪肉，有当地产的荞麦酒，当然也就有歌。这些年轻男女大多有好嗓子，我因此听到了许多首地道彝族民歌。有些如群山一样雄浑苍茫，有些像是星光下的溪流，曲折凄婉。乡上书记三十多岁，本地彝族，当过海军，还北漂首都当过歌手，弹一手好吉他。那一夜，我学会了三四首，现今会哼唱的却只剩一首《留客歌》了。谷克德在昭觉县尼地乡，此一回来，刚刚经过全国性的撤乡并镇，尼地乡建制已撤销，我就是想下山寻访，也不能够了。

我起身离开，踏上归程，禁不住轻轻哼唱：

> 走过九十九座，美丽的山冈，还有一座山冈在等待。
> 跨过九十九条，美丽的河流，还有一条河流在等待。
> 经过九十九个，美丽的寨子，还有一个寨子在等待。

见了九十九个,美丽的姑娘,还有一个姑娘在等待。
满山的花儿在等待,美酒飘香在等待。

此一回的寻花之旅就这样结束了。下山直奔机场,遇到昭觉县的书记,要去成都公干。他说:"晓得你到我们谷克德了。"我问了他撤乡并镇后尼地乡那些年轻干部的去向。飞行途中,他打开手机,给我看他拍的杜鹃花照片,我逐一把这些杜鹃花的种名告诉了他。他说:"太多了,一时也记不住,我就先认两三种吧。"

此一行,行经越西、喜德、普格、昭觉四县和西昌一市,都属凉山州。所爬过的山,小相岭、螺髻山和谷克德,又都被统称为大凉山。

去有风的旷野
To the windy wilderness

蔷薇科的两个春天

小区院中，红梅开了。

头天这株梅树枝上都只是暗红的花蕾。2023年1月21日，年三十，近午暖和的阳光下，这一枝那一枝上，就有星星点点的两朵三朵绽开了花瓣。这花开得好，明天就是春节，不开点红梅觉得春天没到。成都，春天到或没到，我都以这树红梅的开放，作为具体标志。从十几年前，搬到这个小区时就这样了。

中庭水池旁，一共有三株红梅，小区刚建成时，就和紫薇，和木芙蓉，和含笑，和海棠、栾树、羊蹄甲这些花树为邻，彼此守望。把杜审言《和晋陵陆丞早春游望》中的句子重新组合一下，正是眼前景了："梅柳渡江春，偏惊物候新。"这些花树次第开放，绽放生命欣喜，标志四季流转。十几年前，梅树初移栽来时，枝条稀疏，树身低小。十几年中，小区楼房的墙面渐渐沉着斑驳，花树们却一年年高大茁壮，干劲枝繁了。

三棵梅树，总是水池南边这一株最先开放。东边那两株，因为楼房的遮挡，每天少受两小时光照，花期要晚一周以上。

春节期间，饮酒读书，读书饮酒，其间下楼透气，都要到池边去看看这株梅树。池中水的软绿一天胜过一天，枝上绽放的红色花朵也一天多过一天。大年初七，人日这天，杜甫草堂例行祭祀诗圣杜甫,我照例前去参加。行前,在这树已经全然盛放的红梅前小立一阵,自然想起杜甫诗:"梅蕊腊前破,梅花年后多。"

杜甫草堂,楠下竹前,更是梅花大放。祭礼上,在大雅堂前听人献赋,在工部祠老杜塑像前献杨柳新枝。

公元762年春节人日,高适从成都附近的蜀州寄诗慰问杜甫:"人日题诗寄草堂,遥怜故人思故乡。"清人何绍基人日游草堂,题一联向老杜致敬:"锦水春风公占却,草堂人日我归来。"成都一城,人日草堂,温老杜诗看新开梅,游人如织,早成风尚。

祭礼毕,一众人,借草堂一处清静地方,饮新茶温杜诗。檐前亭中,都开着梅花。窗后红梅,庭前白梅。

的确是春天了。

高适致杜甫诗悯人伤春:"柳条弄色不忍见,梅花满枝空断肠。"

飘零中的杜甫见春来梅开,却心生欣喜:

"东阁官梅动诗兴,还如何逊在扬州。"

官梅,是官府中种的梅,也称官粉,就是人工栽培的梅。梅从野生到驯化,以至形成诸多观赏性品种,并渐渐包含人格或性情的象征意义,从中国文化源头即已开始。

野生植物驯化使人有了稳定的食物来源。梅树的驯化首先也是为了它的果,《诗经·召南》即欣喜于其果实繁多:"摽有梅,其实七兮!"这么多果子干什么用?烹饪中,其味酸甜,可以调味。《书经》说:"若作和羹,尔唯盐梅。"也就是说,初民时代,梅酪和盐,是最主要的调味品。

人之为人,不独供养肉身的衣食,还有情感与精神向度的审美,梅的人工驯化,就有了两个方向,果好的梅和花好的梅。闻名于汉代的成都人扬雄作《蜀都赋》就说,彼时成都城中,美化环境,就"被以樱梅,树以木兰"了。

有材料说,四川成都,在唐代就有了人工培植的朱砂型观赏梅,也就是红梅出现。演绎唐诗的《全唐诗话》就说:"蜀州郡阁有红梅数株。"这红梅数株正是当年杜甫去蜀州见刺史高适所见的"东阁官梅"。

心里想着三千余年来一部中国人书上的梅花史,在杜甫草堂中看梅。白梅红梅,单瓣的复瓣的梅,可以看尽一部梅花的栽培史。还是意犹未尽。

看多了色多花繁、树形都经过修剪的家梅,便想去看更朴素、更生机盎然的野梅。当年陆游在成都,记录成都梅花大放的胜景,"锦城梅花海,十里香不断。"又从城中往浣花溪来寻杜甫草堂,所见也是满眼梅花:"当年走马锦城西,曾为梅花醉如泥。二十里中香不断,青羊宫到浣花溪。"放翁此诗,指示了当年的赏梅路线。青羊宫还在,浣花溪还在,沿途所见,定也是野梅居多。比放翁更早,杜甫在草堂居住时,进城应酬回来,走的也是这条路线,沿途也见不少野梅:"时出碧鸡坊,西郊向草堂。市桥官柳细,江路野梅香。"但今天循这路线,沿江行,已经高楼林立,江边所植,也多是驯化的家梅了。

成都还有野梅,却大多退存于平原边缘的浅山地带了。

元宵节后,便挑一个有阳光的日子,西南行,去到古蜀州和古邛州一带旧称西岭的山前。行前在网上搜索野梅消息。知道一百公里路程内,朝北面东的盆周浅山中,今天崇州、大邑和邛

蔷薇科的两个春天　　213

峡一带，野梅已然绽放。

驱车一个小时，就已经出了平原，抵近山前。山岭层叠，岚气迷蒙，出山的溪流温润清澈。山野自有一种气息，虽然树林还是一派枯寂，但闻了那气息就知道已经出了冬天。

村前田边，李和杏已放出满树白花。

李花与杏花，和梅花一样，都是五片花瓣。古人称为"五出"。五出花瓣，是蔷薇花科的共同特征。

是的，春天总是以蔷薇科植物放花开头。

蔷薇科是一个大家族，在中国文明史上，驯化品种多，造福于人也是最多。李、杏、樱、桃、梨、苹果、海棠，要花得花，要果得果。现在，李与杏率先绽放，以纯净耀眼的白色，在和暖的大气流动中，宣告春天。好几种鸟停在枝头，蓬松了一身羽毛，吸收阳光的能量。蛰伏一冬的蜜蜂出了巢穴，在花间起落，采集花粉，这春天最初的馈赠。我一直有点嫌栽培品种花开得太多太繁。在城中看梅，也略嫌梅花树姿态太过雕琢，枝上花太密，花朵又大多经人工诱导，变出了太多的复瓣，所以要来山间寻更朴素更本真的野梅。

在每一条岔路前，问村妇，问农夫，道是只要往山里走，都有。

既如此，就不能光看野梅了，得附带看点别的。春节假期，不看书不可能，但为放松休息，便看闲书。一堆唐宋时代佛教在四川盆地传播的史料，和一些佛教造像的图片。因此知道，这山中也有唐末及五代时期的摩崖造像。看地图晓得眼前这江叫邮江，就记起缘江进去，山名飞凤，山上有一片佛菩萨像，叫药师岩。

二十分钟后，便停车在山前水边，循石阶上药师岩。

阳光淡淡，山林疏朗，常绿的柏树和棕树外，其他的落叶树都用光秃枝干衬着天空勾画出各种图案。只有野梅率先开了。还不到盛放时节，但这里一树，那里一枝，在受光多处，已然开放。登梯累了，就停在一棵花树前，空气清甜，淡淡梅香中混合着泥土苏醒的味道。

野梅与城中的人工品种不同。树形倚地趋光自然生长，茎干挺拔，枝叶疏朗开张，花朵也不像家梅那样服从的是多即是美的原则，那样繁密。山间天地宽广，野梅呈现出大自然简洁的美学取向，分枝疏朗，枝上花也疏朗。家梅以红色为主打，野梅是纯净的白色，就是白本身，不耀眼夺目。花瓣俏薄，是纸或绢的质感，不似家梅的白，要夺目，养出富贵的玉的质感。

自然的教导，自然的暗示，总是要把人的气质与情感导向本真与自然。

如此经过好多未放开的沉默的野梅与野樱，又经过了几株放花的野梅，就到了飞凤山半腰，药师岩上。那是向着邮江的一面红砂岩壁，东向，横向凿空，开出一道百多米的一字长廊。廊上因势造佛菩萨若干组。中间坐佛，两旁胁侍菩萨，上下左右密集的小佛像有序围绕。循长廊，我仰望，佛菩萨们倾身俯瞰。四川盆地岩石的主体是湖相沉积的浅红砂岩，容易开凿，也容易风化。所以，好些造像，风化得面目模糊。倒是好，风雨的剥蚀使得慈悯洞明的神情更加隐约含蓄。反倒是近些年修补过的佛面，与美与善都相去甚远，显得愚不可及。粗陋部分，便略去，不观不想。

摩崖的主尊是东方净琉璃世界的教主药师琉璃光如来。唐玄奘译有《佛说药师如来本愿经》，所说的是药师佛所发的十二大愿。第一大愿就说："愿我来世得阿耨多罗三藐三菩提时，自身光明炽然，照耀无量无数无边世界。"我默诵经文时，佛高坐龛上，宝相庄严，以慈悲光照我。日光遍照菩萨，和月光遍照菩萨，胁侍左右，那眼神也是内外明澈。我接引佛菩萨的眼光，背上落满初春的阳光，身心和暖。

主窟旁边空着的石壁，有些后人题字，磕了头又往功德箱中投零钞的人不看。我看，看到了文与可的一首诗：

　　此景又奇绝，半空生曲栏。
　　蜀尘随眼断，蕃雪满襟寒。
　　涧下雨声急，岩头云色乾。
　　归鞍休报晚，吾待且盘桓。

文与可于北宋皇祐四年，三十四岁时以邛州通判兼摄大邑县令，这西岭山前的名胜古迹都曾游历，不止在一处题诗留画。这诗算不得上乘，此时读来却觉得亲切，因为山、涧、云、岩，都是眼前景色。只是未写梅花，诗中写到"雨声急"，那就该是夏天。我也没有如文与可在岩上久久盘桓。因为崖上近三四十年间弄出些形貌不佳、色彩艳俗的偶像，无论审美层次还是信仰程度都愧对祖先。于是，看了两三遍唐末造像后便选了另一条长些的路缓行下山。一路也是看梅，长枝疏花，有风轻动，自在；无风便凝住一小团日光，也凝住我的目光与心意，更是自在。有声音，是水声。不是涧中水声，是树身中的水声。春天，水正穿过许多树枝干中的脉络，上升，上升，在万千枝上滋叶催花。等真正听见潺潺水声，已经下到山脚，站在横越邮江的桥上了。

光阴荏苒，开了几乎有一月之久的那株红梅终于谢了。

不妨，蔷薇科的植物会继续放花。不然，怎么可以说是到了春天？

杏花。

桃花。

梨花。

海棠花。

樱桃花。

其间还间杂着玉兰、迎春与紫荆。

我说的樱桃花不是移植来的粉红的日本晚樱，而是白色花的本土品种，无论是山前的自在野樱，还是公园里的人工樱花，都相继开放。

杜甫当年在成都写过的啊！"恰似春风相欺得，夜来吹折数枝花。"

蔷薇科是个庞大家族，下面还分许多属。春天里先花后叶，开过了的，李和梅，李属。桃是桃属。樱是樱属。杏，杏属。海棠，苹果属。

二月，三月，这些花一番番次第开过。三月中再去一次郊外山前，一个村子，借一个民宿开一个关于苏东坡的小会，四周都是梯级层上的果园。樱桃已经结果，李花和桃花正在凋谢。海拔五百多米的成都，我的第二故乡，夏天将至，蔷薇科主打的春天

蔷薇科的两个春天　　　　　　　　　　　　　　　217

已然过去了。

春已尽了。

海拔比成都高出两千多米的第一故乡来了消息，三月下旬，从邛崃山中的大渡河边。消息说，高原群山之中，春天来了。三月底，金川县举办梨花节，邀我参加。好啊！刚过完一个春天，再去过一个春天！

进山，车驶出成都平原，溯岷江而上，车窗外的风景，是倒放的时光片，那些已经凋零的花，又逆时序闪现：海棠花、樱桃花、桃花、梨花、苹果花、李花。从低海拔到高海拔，落叶树从一派新绿，渐渐变回枯寂萧疏。树也变了，不是刚进山时的樟树、槐树和女贞，而是渐渐换成了山杨、沙棘、花楸、白桦和红桦，还有在风中飘洒似雪花瓣的野樱桃树。

如此逆时光行进，三个小时，就到了唐时的蓬婆岭，今天的鹧鸪山下。翻越雪山的公路已经废弃好多年了，数公里长的隧道穿过大山深暗的腹部，出隧洞，就已离开了岷江水系，来到大渡河上游的支流梭磨河。一直向着西北的道路转向，折向东南。

河流湍急，峡壁陡峭。向阳那一面，是草坡，和密闭的栎树林。背阴的一面，岩壁参差，扎根于石缝中的是虬劲的杉树与桦树。太阳当顶，肆意挥洒强烈的光线，利用岩壁、树、河和参差起伏的山棱线，用它们迎光的高音部，用它们背光的低音部，把整条梭磨河峡谷变成了一幅取景深远的交响音画。已经很漂亮了，可似乎还有谁怕这样的画面过于单调，又让风来加入合唱。风摇晃那些树，其实就是摇晃那些光，使之动荡，使之流淌。

突然，峡谷敞开，山平缓些了，退向远处。河，不再不断地撞向悬崖，而是在谷地中央，奔涌流淌。这一带地方，是我的老家马尔康县。

台地错落的谷地是河流经年累月荡涤而成，河岸上的麦地、青稞地、苹果园，和一个个村寨，依傍在山前。冬麦正在返青。一树树浅红的野桃花正在盛开。

就是这样，从犹在冬季的雪山下，向春光渐深的河谷地带，从河的上游到下游，时光重又变回正向流淌。我已经回到家乡，进入一年之中的第二个春天。

松岗镇。早前，没有河边的镇子，只有山梁上的古堡。

在镇前停车，攀上山坡，去往山梁上的古堡，曾经的土司官寨。盘折上升的路旁，茂密的野蔷薇灌丛，攀爬在高山柳上的铁线莲，还有容颜苍老的核桃树，都光秃着枝干，还在冬眠。只有野桃花已经盛开。花朵密密簇簇，缀满枝头。粉红色的花瓣被阳光透耀，有精致的绢帛质感。但对这些野桃来说，这样的描绘也许太精致了，与眼前的雄荒大野并不匹配。

日本人永井荷风描写庭院中的桃花质感就用过这样的比喻："桃花的红色，是来自平纹薄绢的昔日某种绝品纹样的染织色。"永井荷风说，他写桃花所在的庭院狭小局促，甚至"不是一座为漫步而设的庭院，而是为在亭榭中缩着身子端坐下来四处打量而设的庭院"。

而我现在却是在高天丽日下挺身行走，长风吹拂，田野包围着村庄，群山包围着田野。两条溪流穿出群山，在古堡雄峙的山

蔷薇科的两个春天　　219

脚下与梭磨河相汇，向东南扎向更深的峡谷。我年轻时在诗中写过这样的地理："河流轰鸣，道路回转，我要任群山的波涛把我充满。"

山风起处，花树摇晃众多的树枝，飞落的花瓣纷纷扬扬。攀上山坡，到那个今天因文旅开发已叫作天街的古堡，民居，石碉，小庙。这是午后时分，天街很安静，大多数人家门上都落了锁。也有两三家正在施工，把旧民居改造成新民宿。花事阔大、静谧又热烈，从村前，一直扩散到目力所及的数条峡谷，云霞一样飘荡弥漫。

不止是眼前目力所及的这数十平方公里的地方，每一年，春天初上青藏高原东部，整个横断山区，海拔一千米到三千米的峡谷地带，沿着所有河，沿着所有溪，都是这样野桃开遍，浩浩荡荡。

这种植物，在大自然中早于人的出现。不是人类出现后，驯化了的、用以结果的桃，用以赏花的桃。这野桃树还是多少万年前的原初风貌，没有什么现成的修辞可以援引。现在，我也只是坐在高处，一个可以俯瞰众水从西北来，往东南去的地方，看野桃花如雾更如霞，把天地充满。

这种野桃在地球上出现至少有上千万年，后来，对万物命名的人类出现，它依然是无名的。

这种野桃获得命名的时间，不过一百多年。

上世纪初叶，这种植物，由英国植物猎人威尔逊在四川西部一带山区发现。他不但采集了种子和标本，还于1910年将这种野桃活株移植到哈佛大学阿诺德植物园。

植物学家科恩依赖威尔逊采集的标本、种子和移植成功的活的植株，根据其果核光滑这一特征，将其命名为光核桃。按分类学创立者林奈定下的双名法规则，拉丁名写为 Amygdalus mira (Kochne) Yu et Lu。

植物志上如此描绘这种野生桃：蔷薇科桃属植物，乔木，株高可达十米。枝细长开展，叶披针形，花单生，先叶开放，直径2.2—3厘米。萼筒钟形，紫褐色。花期3—4月。果期8—9月。

近些年，中国学者对光核桃的研究也逐渐深入，经过基因测序，进一步描绘出一部中国桃的进化图谱：从青藏高原的光核桃，到华北的山桃、甘肃桃，再到越来越多的栽培品种。由此认定中国西部是桃的起源中心。中国人工栽培桃的历史，已有三千多年了，最初驯化野生桃就在黄河上游海拔两千米左右的高原地带。从汉代开始，经河西走廊，从中亚细亚传遍世界。

有一个关于中国桃西传的有趣故事，来自于唐玄奘《大唐西域记》，其第四卷载有一国叫至那仆底国。

"昔迦腻色迦王之御宇也，声振邻国，威被殊俗，河西蕃维，畏威送质。"

这个位于北印度的至那仆底国不大，"周二千余里"，但那个叫迦腻色迦的国王厉害，势力影响中亚，直至今天中国新疆与河西走廊。以至一个很靠近中原王朝的小国，要把王子送到那里作为人质，所谓"畏威送质"。至那仆底，这个"至那"，现在写作"支那"。唐僧说，就是"汉封"的意思。也就是那个当人质的河西小国王子，其国为中原王朝所封。因为这个中原所封国的王子住过，后来就成了国名。然后，唐僧写到了桃的西传："此境以往，洎诸印度，土无梨、桃，质子所植。"那里的桃与梨都是那个当人质的王子带去栽种的。"因谓桃曰至那你，唐言汉持来。"国名，至那仆底，因中国而来。桃名，至那你，也因中国而来。

面对一部植物进化史，主流的观点当然是证明人类文明的伟大。也有很有趣的非主流的观点，说难道不可以认为是某些植物向人类展示诱惑，而甘心情愿被传遍世界吗？就桃来说，就是以酸甜多汁的果肉，深红浅红的花，让人心甘情愿引入家园，不断发掘其基因潜质，养育更多肉更多花的品种，并将其传播到世界的各个角落。

英国博物学家理查·梅比有一本有趣的书，名字就叫《植物的心机》。其在序言中有一句话说，人类该"将植物视为复杂而又好冒险的生物"。这意思也就是说，人在诱导并加快植物某个方向上的进化时，难道不是同时被植物所魅惑的吗？

根据对生物化石的研究，植物在6500万年前开始结出有甜美果肉包裹果核（也就是种子）的果实。所以，桃和苹果这一类水果的原始种，最初勾引的对象并不是人，而是某些贪吃的哺乳动物，有在中亚细亚研究苹果进化与传播史的学者就注意到，对苹果原始品种传播起重要作用的动物竟然是熊。因为熊会从枝头挑选最大最肥美的果实，吃下，移动，消化果肉，在离原生树很远的地方随便拉出不能消化的果核，也就是种子。而拉出的这颗种子因此还得到一份额外的好处，那堆粪便为将来的生长提供的营养。这就是最原始的优选与优育。

当人类出现，品尝到苹果的甜蜜后，此物的扩张就猛然提速，跨洲越洋，遍布了世界。

桃的传播大概也是如此。

走下山梁，离开古堡，梭磨河边老百姓居家的寨前寨后，栽着还没有开花的苹果，和将要放花的栽培桃品种，我还想到城中只为观花，不为结果的碧桃。也不由得会想，植物的演化，其中也包含了它本身的主动意愿吗？而不完全是人类单方面创造的耕作神话。

想问桃，桃树开裂的老脸皮黝黑沉着，不声不响。只有枝上花朵，绢薄的花瓣在微风中轻轻振动，笑而不言。

离开松岗，野桃花满坡满谷，一路相伴。这一路，河已经接纳了许多条溪流与小河，在峡中穿行时，水势渐趋浩大。再行十多公里，右岸花岗岩对峙的深峡中涌来一条大河，叫脚木觉河，在名叫热觉的地方与梭磨河相汇，河流陡然壮大了许多，河面的波浪不那么高卷了，倒是一个漩涡套一个漩涡，显得幽深了许多，有力了许多。再行二十多公里，又是从右岸，也是从耸立着许多柏树的岩壁下，北来一条更汹涌的河，叫杜柯河，在柯尔因镇前与梭磨河轰然相遇。从此，两条河都在此失去了原来的名字，相汇后那条更大的河有了一个新名字，大渡河。这是河流的地理。大渡河继续往前，也会失去自己的名字，那只是以更丰沛的水流加入了更大的江河，叫作岷江，然后，叫作长江。

但在这里，作为大渡河，它刚开始自己长达数百公里的流程。在猛然收束的深峡中，湍流上白浪飞腾，巨流撞碎在岩壁上，訇然有声。1977年，我十七岁时，作为一个水电工程队的拖拉机手，重载着建筑材料一次次在这条路上不断往返。和当年相比，道路宽阔了，路面铺上了柏油，两岸的山壁却依然陡峭，峡谷深切，河流轰轰然夺路向前。不到一个小时吧，我看着熟悉的山势，知道马上就要冲出这深峡了。

真的，封锁前方的山正在渐渐矮下去，变缓的山坡上出现了村寨，出现了依着山势梯级垂布的庄稼地和果园。梨和苹果的果园。远方峡口的天空越来越宽，天很蓝，西斜的阳光辉耀着云团。

终于，转过一个山弯，面前豁然展开了一道数公里宽，百十公里长的平缓宽谷。刚才还滔滔翻滚的河水，一冲出峡口就波平水阔，仿佛一条飘逸的绿绸。两岸是密集的村庄和青碧麦田，以及满坡满谷连绵盛开的梨花。

大渡河是这条河的汉语名字，清乾隆以前的土司时代，这条河的名字是我的母语，叫"曲浸"，意思就是大河，或大河之滨。清后期和民国初年是这里的大淘金时代，这河叫作大金川。清末，此地设治，叫绥靖屯；民国设县，叫靖化；中华人民共和国建政，叫金川县。大渡河从北到南，纵贯全县。

夕阳西下，给悬浮的白云镶上闪耀的金边。

村庄星罗棋布，掩映在漫山遍野的梨花中，炊烟四散。黄昏降临大地，西边燃起红霞时，梨花掩入暮色，渐行渐淡。晚饭后，和主人散步，但见河面辉映着满城灯火，晚风轻拂，带来了四野围城的梨花暗香。回到酒店，我特意打开窗户，高原春天的夜晚有新鲜的轻寒，但不想把浮动的暗香隔在外面。

淡淡的梨花香果然透窗而来。不由得想起川端康成一篇散文：《花未眠》。他是写旅馆房中的花供："半夜四点醒来，发现海棠花未眠。"那么，原野里的梨花是什么情形？想必也未入睡，依然是在星光下盛开着吧。

金川一县，大部分集镇村落与人口都沿大渡河两岸分布，从清朝乾隆年间开始便广植梨树。看前些年有些过时的统计资料，说四野中栽种的梨树达百万株以上了。金川全县人口七万余，城里人和高山地带的牧业人口除外，摊到每个农业人口头上，那是人均好几十株了。所以，这里的梨花不是一处两处，此一园，彼一园，而是在在处处。除了成规模的梨园，村前屋后，地头渠边，甚至一些荒废多年的老屋基上，都站满梨树，开满繁花。

第二天当然早起，为的是去看盛开的梨花。

大渡河贯穿的梨花谷地，一百多公里长。时间有限，不可能全部游完。就选了两处地方：沙尔和噶尔。这两处，藏汉杂居，地名是藏音汉写。

沙尔在县城北，大渡河谷最宽阔处，好几公里宽的平缓谷地，田畴绵延，人家密集。田野、道路、村落，几乎所有的间隙，都满是梨树。梨花成团成簇缀满枝头，近看如新雪堆积，远看，则如雾如烟。雾与烟，都在将散未散，将凝未凝之间。

昨天下半夜有雨，宽谷两边逶迤的山梁都积上了新雪。这就是海拔两千多米的高原农耕地带，梨花开放的春天，谷中下的是雨，山上降的是雪。湛蓝天空下，好一个洁白无垠的花世界，雪世界。我们驾车去往山半腰，路上经过一户人家，房前屋后都开着梨花。十几年前，我在这里寻访旧闻时，在这户刘姓人家吃过饭。那是秋天，主人还从树上现摘了最大个儿的雪梨让我们带在路上。该去问候一声的，但见房门紧闭，便没有去打搅。

上到山半腰，背对积雪的山岭，宽阔的谷地尽收眼底。早餐时，餐厅墙上梨花满谷的大幅照片就从这个位置拍摄。县委书记说，好多客人不以为这张照片是真实景色，是P出来的。因为客人不是这个时节来的，不相信山岭积雪和谷中梨花可以同框，可以如此交相辉映。而现在，我们就站在这美景中间。太阳从东边升起，阳光所到之处，梨花和雪变幻出迷离的光彩。大渡河一川碧绿，穿过梨花开遍的谷地，穿过那些炊烟四散的村庄。

看过了纵深几十里的阔大风景，还是要走到一棵树干粗壮，枝叶苍劲的梨树跟前，贴近了去看一朵花，一簇花，一枝花。

刚抬脚，就发现树下地面拱出许多紫红色的肥嫩芽苞，问是什么，原来是新推广的栽培法，梨树下套种牡丹，花朵提炼香料，果实可以榨油。小心避过牡丹新萌的芽苞，来到了一株花树前。一条新枝横在面前，上面的花不是一朵两朵，而是六七朵、十来朵攒成一个花球，短短一截花枝，被五六个花球缀满。

梨也属于蔷薇科这个被人类驯化，为人类奉献花果最多的大家族。

梨花当然也有这个科的共同特征：五出的花瓣。但比樱、比桃、比梅的花朵都大出许多，高原上的雪梨花更是如此。花瓣质地厚实，便有了如象牙或玉石般的肥润感。花朵大了，雄蕊就多，每一朵都很蓬勃地炸出二三十根，争先恐后，向传粉的风和昆虫，招摇着团团成熟的花粉。蕊须的绿色，和花粉的红色，折射到白色花瓣上，那花朵的白色中，就有了迷离变幻的色彩。这样的变幻迷离，全赖风轻重不一地不断晃动着那些花，全赖阳光在晃动的花上跳荡，如水光潋滟。

在这宽广谷地中，风是可以期待的，谷中空气受了热升上去，雪岭上的冷空气就沉下来。空气对流，这就是风。风把花粉从这一群花带到那一群花，从这几树带到另外的那几树。风不大，那些高大的树皮粗粝苍老的树干纹丝不动，虬曲黝黑的树枝却开始摇晃，枝头的花团在这花粉雾中快乐地震颤，那是植物界一场生殖的狂欢。

如此，人就在梨花阵中了。

梨树都很高大，不像在内地看过的梨园。这些梨树几乎没有修剪。树干粗大苍老，分枝遒劲，生机勃勃，每一条枝上，都缀满繁密的花朵。深入研究过植物演化的科学家说，人工诱导了进化的植物，当它们开出比野生原种更多的花朵时，也有损失，那就是香气不再那么浓烈。我没见过野梨树，却知道，梨花香也是淡的。但现在，因为树大花繁，加上强烈的日光下，气温上升蒸腾，梨花香也变得浓烈。仿佛有一层雾气萦绕在身边。又似乎是梨花的白光从密集的花团中飘逸而出，形成了隐约的光雾——花团上的白实在是太浓重了，现在，阳光来帮忙，让它们逸出一些，飘荡在空中，形成了迷离的香雾。

看一枝花，再看一枝花；看一树花，再看一树花。心随步移，不经意间，顺着一行行梨树，一梯梯麦田，人已经到了山下。

海拔也就下降了两百多米吧，梨树下的牡丹，在此已经抽茎，肉红色的叶芽如婴儿小手般团在一起，再出几天太阳，再有几场风，几场夜雨，那些叶子就要像手掌一样张开了。

美国自然文学家约翰·巴斯勒说："伟大的自然之书就摊放在他面前，他需要做的只是翻动书页而已。"而在此时，梨园顺着一级级黄土台地依山而起，梨花怒放，风摇动一切，我只是站在那里，那些书页由午间的谷中风一页页地翻动。是的，就这样，我在这里阅读自然之书。

离开沙尔，顺大河而下，去往另一个目的地：噶尔。

这也是一个藏音汉写的地名。这个地名曾在清代乾隆年间的史料中频繁出现。只是写法不同，对音写为噶喇依。公元1776年以前，是大金川土司的一个坚固堡垒。

乾隆十二年，大清朝全盛时，大金川土司试图侵吞邻居小金川土司地盘。清廷为维持川边秩序，劝谕无效，便派大军进剿。高山深谷中，经两年大战，大金川土司于乾隆十四年，即公元1749年请降，是为清代第一次大小金川之役。清军平乱后近二十年间，大小金川土司间依然战伐不断。公元1766年，乾隆三十一年，乾隆皇帝再兴兵镇压大金川土司，战事惨烈反复，一直延续到乾隆四十一年，清军方才最后攻克大金川土司最后堡垒——噶尔，也就是《清实录》中反复写到的噶喇依，这场第二次大小金川之战才告结束。

来到噶尔。左岸山脚，面对大渡河有一块平整的肥沃良田。苍老的梨树高擎着繁花站在麦地中间和边缘。

噶尔城堡的废墟就在两三百米高处的岩石山嘴之上。上山去，路旁全是开花的梨树，还有成丛的醉鱼草正在开花，香气深烈。

攻克这个堡垒，是当年漫长血腥的大小金川之役最后一战，双方数千将士在此洒尽了鲜血。

我不止一次来过这里，我想应该遇见一个乡村里的贤人。他是村中一个常带着醉意的老人。果然，他已经等在那里了。三年不见，老头依然腰板挺直，依然穿着高勒皮靴，神气健旺。我问他还喝酒不？他豪爽一笑，掏出一个扁平的金属壶，像美国西部片中牛仔必带的那种，拧开盖递到我手上。我喝了一大口，口中立即充满了当地的麦香与玉米香，酒液辣乎乎地下到胃里，又热烘烘地攻到头上。此时，太阳也明晃晃地照着，我马上就感觉到花间嘤嘤歌唱的蜜蜂都钻到脑袋里来了。他问我酒够不够劲儿，我说你更有劲儿。这个老农民闲来无事，喜欢温习当年发生在这里的战事，并不惮繁难，数年如一日地为游客做义务讲解。

我们从河边平地沿着陡峭的台阶拾级而上，台阶两边，都是过去堡垒的残墙。残墙间站满了苍老的梨树，好些树的树冠已经干枯了，却依然枝柯苍劲，盛放着耀眼的花朵。这些花树，一路护持我们登上那个危临河岸的山嘴。

当年坚石厚墙的堡垒都倾圮了。废墟之上，立一座碑亭。亭中是乾隆亲自撰文的《御制平定金川勒铭噶喇依之碑》。碑身四面镌刻汉、满、蒙、藏四种文字。

义务导游带我们去到碑前。我不止一次读过这通碑文，再诵读一遍。

"噶喇依者，盖其世守官寨，故多深堑高墙。我师万层险历，千战威扬。譬之大木已尽去其枝叶，则本根亦可待其立僵。"

"我兵用大炮四周环击……于是进围亦急，贼势日蹙。官军复摧其近碉，断其水道，番众恐惧，纷纷溃出……于是疆界厥地，屯戍我兵，镇群番而永靖，树丰碑以告成功。"

乾隆当然要写碑了，大小金川之役是他十大武功之二。

我只是绕碑走了一圈，便往后山上走。听见那位村中贤人洪亮的声音在亭子中回荡。他在讲述那场并不太遥远的战争。那些熟悉的人名地名断断续续飘到我耳中。我站在堡垒废墟后面，那条溪水旁边，看一只戴胜鸟停在溪边湿润的青草中间。这时，我想到读过的一本当地史料，曾写到战前当地栽培的植物。书叫《金川琐记》，作者是一个上海人，叫李心衡，清乾隆年间，游宦川西多年。这本书是大金川一地最早的汉文地方志。其中说大金川一地，原先就多"梨、枣、柑、栗、核桃、石榴诸树，蔽芾可观。后因用兵斫去，仅存荒山"。所说用兵，即指乾隆年间这场战争。

同行的人听完故事从亭子里出来了。我听到有人在问老头的身份。不是问他的职业，而是问他是什么民族。这其实是问他到底是被征服者的后代还是征服者的后代。我没有听他如何回答。他本人的身世我不了解，但今天居住在大金川河谷中的大多数人，他们既是征服者的后代，也是被征服者的后代。当年惨烈的战事结束以后，当地男丁几乎死伤殆尽，清廷为了长治久安，活下来的士兵大多留下来就地屯垦。外来的士兵配娶当地妇女，共同劳作，繁育后代，使这片渡尽劫波的大地重新恢复了生机。

这些善后措施，《清实录》中均有详细记载。

关于这场战事，我已经了解很多，不问了。这一回，我感兴趣的是蔷薇科植物的驯化。我问村里上了年纪的人，这些梨树是什么时候有的？他们看我的表情有些奇怪，说小时候就有的，上几辈子人小时候就有的。回到县城，央人要来些当地史料，当晚就看。这些梨树果然与那场战争相关。

一本参加过那场战争的人的笔记，片言只语，讲到战前当地的物产，说当时本地就有一种梨，叫楂梨，是人工栽培品种，只是果子小，果肉粗糙。又一种史料说到金川雪梨的来源，是一位战后留下屯垦的士兵,回山东探亲,从老家带来了一种梨树种子,播种后长成了树,再与土生的楂梨嫁接,新的梨树居然结出了鸡腿形的、甜美多汁而几乎无渣的果实。因为这种新的梨树生长在雪山之下,就名之雪梨,或金川雪梨。从此,这个世界上就多出一种梨树,作为一场残酷战争的一个意外而美丽的结果。

战后,金川土司辖地改为绥靖、崇化两屯。留兵屯垦,铸剑为犁,大金川河谷,再现生机。经两百多年时光,新的梨树就布满了大金川河谷,春天如雪的梨花,秋天丰硕的果实和火焰般的红叶,完全改变了大地的景观。多民族的融合也重塑了这里的人文风貌。"新民植育梨万树,山谷不复旧桑田。"前一句是我编的,后一句引自宋人晁补之的诗《流民》。凑成两句,无非为了节奏更完整一点。

现今,当地政府有一个强烈的意图,就是向种植业挖掘观光业价值。这满山满谷野性十足的梨花,的确是很好的观光资源。杜甫诗:"高秋总喂贫人食,来岁还舒满眼花",虽是写桃树,但移到梨花上,也很恰切。物以致用,先是食用,这个功能实现后,审美性的观赏功能或许更有价值。我们这一行人,都是受邀来看梨花、写梨花的。可怎么写这些开放在雄荒大川上,生机勃勃还含着野性的梨花却是个难题。这两天,老听同行在耳边念岑参的诗:"忽如一夜春风来,千树万树梨花开。"我心里却不满足。因为岑参诗是写雪的,写唐时西域轮台的雪,只是用梨花作比附罢了。真正到古诗词中找写梨花的诗句,都是写那浅山软水小巧园林中的梨花,到底显得过于纤巧,与我们眼前的金川梨花并不相宜:

>梨花雪压枝，莺啭柳如丝。（温庭筠）
>梨花如静女，寂寞出春暮。（元好问）

李白诗："梨花千树雪，杨叶万条烟。"庶几近之，却也没有写出这高天丽日下的山重水远。

>梨花自寒食，进节只愁余。（杨万里）
>梨花有思缘和叶，一树江头恼杀君。（白居易）

按植物学的视角，梨树开花，色香俱全，蜂颠蝶乱，是生命力勃发，是性冲动，是生殖狂欢。在这梨花盛放的高山大川中行走，我只感到勃勃生机的感染，即便真有点愁绪，此时都烟消云散了，更生不出一点闲愁。

如何看花？在古典世界，主流的方式是主观张扬的审美诗学。自十八世纪瑞典人林奈创造了基于客观态度和科学观察的植物分类系统。在他的命名系统中，植物有两个名字，一个属名，一个种名。而种属的确定，主要的依凭就是观察花朵，即植物性器官的异同。用植物学的专业术语来说，叫作"根据植物性器官数量和配置方式来替植物分类与命名"。大致说来，开花植物外阴部是花萼和花瓣，雄蕊与雌蕊相当于阴茎与子宫。这种观察，自然会使将植物花事视为人类情感与伦理投射物的文化感到不适与疏离。

科学史上有一段被文学史忽略的记载。

那是科学主义在欧洲勃兴的年代。1817年,牛顿的力学系统和林奈的生物分类系统已经建立,英国诗人华兹华斯、济慈和兰姆在画家海顿家聚会。济慈对牛顿的科学发现提出了诗人的抗议:"他将彩虹化约成棱镜,摧毁了它的所有诗意!"另一位叫克莱尔的诗人说:"按照林奈的方法分门别类……这让我倒尽胃口。"

科学主义的确改变了观察自然之物,比如赏花的路径。不再是神秘主义的视觉审美,不再是借物抒情,不再是托物寓意,不再是——用理查·梅比的话说,不再是使某物"进而成为恭敬的伦理信条"。但如此一来,自然界真的就没有诗意了吗?面对梨花,生不出闲愁就没有诗意了吗?我觉得是有的。眼前这些勃发着野性的梨花,都让性器尽情开张,蜜蜂在花朵间无休无止地振动翅膀,颤音制造幻觉的高潮,或者高潮的幻觉。强烈的日光似乎被激情控制,嗡嗡作响。花等风来,等风来传粉,也就是将梨花蕊上海量的精子扬起,雌性因成熟而感空虚的子房在急切等待。

更何况树由人植,金川一地,历史在此造成了特别的族群,杂糅的文化。树生别境,这里雄阔的雪山大川,化育了这种最接近原生状态的梨树。中国的地理和文化,多样丰富。同一种植物在不同的地理与人文情境中,自然就生发出不同的情态与意涵。所以,不看主客观的环境如何,只用主要植根于中原情境的传统审美中那些言说方式,就等于自我取消了书写的意义。日本作家永井荷风在写梅花时就注意到了这个问题。他说:"我一望见梅花,心绪就一味沉浸于测试有关日本古典文学的知识当中。梅花再妍美动人,再清香四溢,我们个性的冲动却在根深蒂固的过去的权威欺压下顿然消萎。汉诗和歌跟俳句,已经一览无余地吸干了花的花香。"美国文化批评家苏珊·桑塔格也说过艺术创新的根底,就是培养新感受力。也就是说,对于不同的对象,要有新的体察与认知。在这一点上,永井荷风也说过意思相近的话:"我们首先须清心静虑,以天真烂漫的崭新感动,去远眺这种全新的花朵。"

的确,如果对此种写作方式缺乏应有的警惕,那就滑入那些了无新意的套路。我看梨花,就成了"我看"梨花,而真正重要的是我"看梨花"。前一种仅仅是一种姿态;后一种,才能真正呈现对象。今天,游记体散文面临一个危机,那就是只看见规定的意义,却不见对象的呈现。如此这般,写与没写,其实是一样的。法国有一个哲学家曾经指出,无新意的文本,造成的只是一种"意义的空转"。

所以,我看金川的梨花既考虑结合当地山川与独特人文,同时也注意学习植物学上那细微准确的观察。写物,首先得让物得以呈现,然后涉笔其他才有可信的依托。

所以,我看梨花,看到了一场战争造成如此意外而美丽的结果。

所以,我看到了西方植物学家所说的农业文明创造的"耕作的神话"。

所以,我看到了不同植物所植根的不同地理与文化。

所以,我看到了一年之中,不同的海拔高度上,蔷薇科植物开出了两个春天。